Die Deichhexe

Umschlagsfoto:

„Abendrot über der Ostermarsch"

Marion Scheer (2001)

Die Deichhexe

Lina Eichhorn undercover an der

ostfriesischen Nordseeküste

Kriminalroman von Marion Scheer

1999/2019

Bibliografische Information der Deutschen Nationalbibliothek: Die Deutsche Nationalbibliothek verzeichnet diese Publikation in der Deutschen Nationalbibli-
ografie; detaillierte bibliografische Daten sind im
Internet über dnb.dnb.de abrufbar.

Herstellung und Verlag:
BoD – Books on Demand, Norderstedt
ISBN: 9 783746 079158

Zur Autorin

Marion Scheer wurde 1952 in Düsseldorf geboren. Im Anschluss an eine Banklehre und einige Jahre als Sachbearbeiterin bei einer Düsseldorfer Großbank, studierte sie Mathematik, Geografie und Geschichte auf Lehramt. Sie lebt und arbeitet seit fast vierzig Jahren an der ostfriesischen Nordseeküste und ist mehrfache Mutter und Oma. Solange sie schreiben kann, betreibt sie in ihrer Freizeit die Schriftstellerei. Dabei verarbeitet sie vorwiegend tatsächliche Begebenheiten und Erlebnisse zu Fantasiegeschichten. Leider verhinderten mehrere schwere Schicksalsschläge, dass ihre Romane schon früher veröffentlicht wurden.

Heute lebt die Schriftstellerin mit ihrem jetzigen Ehemann zurückgezogen in der Nähe von Emden.

Kontakt: mascheer@gmx.net

Kapitelübersicht

Unfreiwillige Reise 7

Tatsachen und Vermutungen 21

Liebe geht durch den Magen 28

Erkundungsspaziergang 34

Tagesausklang 44

Wan 49

Medizinische Gespräche 54

Unangenehme Bekanntschaft 61

Familienrat 72

Ein abendliches Date 80

Sonntagmorgen 97

Floras Geheimnis 107

Im Strandbad 122

Verletzungen 130

Stammtisch 138

Gewitter...................146

Ernste Gespräche...................152

Vollmond 163

Puzzleteile...................174

I

Familienbande 178

Saufgelage 183

Janas Geist 192

Abschied 202

Epilog 212

Danksagung 213

Unfreiwillige Reise

"Na, dann mal nicht so schüchtern. Freiwillige vor!"

Die Kriminalhauptkommissarin Lina Eichhorn hasste solche Situationen. Schon in der Schule hatte sie sich bei derartigen unverschämten Aufforderungen immer in sich selbst verkrochen und vollkommen taub gestellt. Nur nicht zeigen, dass dieses sarkastische Ansinnen überhaupt bis zum eigenen Gehirn vorgedrungen war! Obwohl sie nie ganz verstanden hatte, warum ihre Methode funktionierte, war sie meistens von Erfolg gekrönt gewesen. Vielleicht würde auch diesmal der Kelch an ihr vorübergehen, so als sei sie überhaupt nicht existent.

Aber da hatte sie die freundlichen Kollegen unterschätzt.

Jörg mit seiner fixen Klappe vorneweg: "Tut mir echt leid, wenn ich diesmal nicht mit von der Partie sein kann. Ich hab ab morgen Urlaub. Die Koffer sind schon gepackt. Und meine Moni würd' echt sauer, wenn die Ferien im letzten Augenblick platzten und der Flieger ohne uns

7

starten müsste. Sie rät mir sowieso schon dauernd, lieber als Bodyguard zu arbeiten, weil das wesentlich besser bezahlt wird."

Der Vorgesetzte hob missbilligend eine Augenbraue und musterte den jungen Mann. Dann huschte jedoch ein mildes Lächeln über sein verlebtes Gesicht mit den ausgeprägten Magenfalten und er brummte: "Na, warum sitzen Sie dann überhaupt noch hier herum? Nun verschwinden Sie schon zu Ihrer Moni! Und — gute Erholung auch."

Lina Eichhorn kam die Geschichte von den zehn kleinen Negerlein in den Sinn, nur dass sie leider gerade halb so viele zählten. Sie versteckte sich geschickt hinter Martins breitem Rücken.

"So, ist noch jemand unter Ihnen, der wichtige Gründe anführen möchte, warum er den Fall nicht übernehmen kann. Dann bitte gleich raus damit, bevor wir weitere kostbare Zeit verschwenden!", polterte der strenge Chef los, da ihm die Angelegenheit allmählich auf den empfindlichen Magen schlug.

Die Kollegen begannen wie aufgescheucht durcheinander zu reden. Jeder hatte etwas vorzubringen. Martins Frau stand kurz vor der Niederkunft. Andreas' Mutter lag im Krankenhaus.

Und Melanie musste einen wichtigen Gerichtstermin unbedingt wahrnehmen.

Alle Augen richteten sich auf Lina, die bisher stumm auf ihrem Stuhl geklebt hatte und sich nun ziemlich ertappt fühlte — wie in der dritten Klasse, als sie ihre Hausaufgaben vorlesen sollte und schuldbewusst das leere Heft angestarrt hatte.

"Nun, Frau Eichhorn? Sie wären wirklich sehr gut dazu geeignet, in diesem heiklen Fall Undercover zu agieren. Was meinen Sie dazu? Sie könnten wegen der besseren Tarnung auch gern Ihre Angehörigen mitnehmen. Das bedeutete dann schon fast soviel wie Familienurlaub an der Nordsee. Es soll da zurzeit herrlich sein", versuchte ihr der Alte die Aufgabe schmackhaft zu machen. Undercovereinsätze wurden von ihm nie direkt erzwungen, der Gruppendruck tat meist ein übriges.

Da die erfahrene Hauptkommissarin spürte, dass das Los unabänderlich auf sie gefallen war, versuchte sie es erst gar nicht mit einer Ausrede, sondern fügte sich lächelnd in ihr Schicksal. Sie besaß das beneidenswerte Talent, als Verliererin stets genauso gelassen zu wirken, wie als Siegerin. Geschmeidig erhob sie sich von ihrem Stuhl, um die für den Fall wichtigen Unterlagen in Empfang zu nehmen. Im Vorübergehen trat sie dem lieben Kollegen Andreas wie unbeabsichtigt mit ihrem Absatz auf die linke kleine Zehe, dass er laut aufjaulte.

Kleine Erinnerung an deine alte kranke Mutter, die dir sonst auch ziemlich gleichgültig ist, dachte sie böse und grinste ihn mit einem bewusst schlecht gespielten Ausdruck des Bedauerns an.

"Sie können dann auch gehen, meine Herrschaften. Den Rest bespreche ich mit Frau Eichhorn allein", schickte der Vorgesetzte die Mannschaft aus dem Raum. Anschließend wandte er sich sehr freundlich an die Hauptkommissarin, erklärte ihr kurz einige Einzelheiten und entließ sie schließlich mit einer dicken Akte.

Erst im Auto, auf dem Weg nach Hause durch die Oldenburger Innenstadt, wurde Lina Eichhorn klar, dass sie jetzt mindestens ein Problem mehr hatte. Wie sollte sie ihrem halsstarrigen Vater und ihrer erwachsenen Tochter klarmachen, dass die beiden sie für einige Tage in einen kleinen verschlafenen Ort an der ostfriesischen Nordseeküste begleiten dürften? Carina interessierte sich nicht die Bohne für die Arbeit ihrer Mutter. Der pensionierte Kriminalbeamte hingegen hasste das Meer, seit einer üblen Seekrankheit von anhaltendem Eindruck. Er verbrachte mit eigensinniger Konsequenz jeden Urlaub in Bayern.

Erfreulicherweise lösten sich jedoch die Befürchtungen schon bald in Wohlgefallen auf.

Ihre Tochter Carina packte begeistert die Koffer für einen willkommenen Kurzurlaub am Nordseestrand. Es störte sie ausnahmsweise überhaupt nicht, dass die Mutter dort zu arbeiten hatte. Ihr fiel schon seit Tagen zu Hause die Decke auf den Kopf, weil sie nach der Abitursprüfung nun jede Menge Zeit totschlagen konnte und irgendwie total die Luft raus war.

Linas Vater war gierig darauf, wieder einmal hautnah an einem Kriminalfall mitzuarbeiten. Er löcherte seine Tochter am Telefon derartig mit Fragen, dass es ihr schon fast leid tat, ihn um seine Hilfe gebeten zu haben.

Aber unauffälliger als mit einem lieben, trotteligen alten Vater und einer lebenshungrigen hübschen Tochter konnte sie sich eine Undercoverbeamtin beim besten Willen nicht vorstellen. Dass ein kleiner unerzogener Dackel als Tarnung auch nicht übel gewesen wäre und bestimmt weniger anstrengend, schoss ihr für einen Mo-

11

ment durch den Kopf, aber den Hund konnte sie leider so schnell nicht auftreiben.

Nachdem Lina ebenfalls einige Urlaubs-Utensilien eingepackt hatte, warf sie sich auf ihr breites gemütliches Bett, in dem sie leider gewöhnlich allein schlief, und schmökerte noch für längere Zeit in der Akte.

Riedersiel nannte sich der kleine Küstenort. Er zählte nur etwa zweihundert Einwohner und besaß nicht einmal eine eigene Kirche. Die Leute lebten hier wie überall an der ostfriesischen Küste vorwiegend von den Einnahmen aus dem Fremdenverkehr. Arbeitsplätze waren außerhalb der weißen Industrie rar. Die Arbeitslosenquote lag mit über fünfzehn Prozent in der oberen Hälfte der traurigen Statistik für die gesamte Bundesrepublik einschließlich der neuen Länder.

Eigentlich hatte die sogenannte Wiedervereinigung Deutschlands den Ostfriesen wenig Vorteile beschert. Die landschaftlich schönen Gegenden an der Ostsee stellten sehr schnell eine ernstzunehmende Konkurrenz am heiß umkämpften Touristikmarkt dar. Viele Subventionen, die früher dem strukturschwachen Ostfriesland als willkommene und durchaus notwendige Finanzspritze verabreicht wurden, mussten wegen der leergefegten Kassen inzwischen entfallen. Als Reisender merkte man das am ehesten den Straßen an. Sie waren inzwischen stellenweise in einem fast so desolaten Zustand, wie die berühmt-berüchtigten Verkehrswege in der ehemaligen DDR.

Aber die kleinen rot geklinkerten Häuschen mit den gepflegten Gärten wirkten noch immer freundlich und zufrieden, genau wie ihre einfachen Bewohner.

Wenn jemand anspruchslos war, konnte er in dieser Gegend gewiss ein beschauliches naturverbundenes Leben führen, sein eigenes Gemüse ziehen, sowie von den Küchenabfällen ein paar Hühner und vielleicht gar ein fettes Schwein halten.

In der Sommersaison wurde die Beschaulichkeit zwar von den Vergnügen und Entspannung suchenden Urlauberströmen irritiert. Im Gegenzug dazu klingelten die Kassen an der Küste dann aber schöner als die hellsten Glocken. Das war eine wundersame Musik, die die gewöhnlich wortkarg in sich ruhenden Einheimischen für einige Wochen in zuvorkommende miteinander wetteifernde Gastgeber verwandelte.

13

Kriminalhauptkommissarin Eichhorn und ihre Tochter, die im Fond des Wagens saß und sich zwischen zwei powernden Ohrenstöpseln beinahe das Gehirn wegpusten ließ, sahen das gelbe Ortsschild gleichzeitig. Lina konnte die Rhythmik der grellen Klänge noch auf dem Fahrersitz wahrnehmen, obwohl sie den Regionalsender im Autoradio eingeschaltet hatte. Ihr Vater war auf dem Beifahrersitz eingenickt.

"He, Big Boss, aufwachen! Wir sind gleich da", brüllte Carina.

"Schrei doch nicht so, ich bin noch nicht taub!" Der pensionierte Kriminalbeamte war erschreckt zusammengezuckt und reagierte ungewöhnlich ärgerlich auf seine geliebte Enkelin.

"Nur ruhig Blut! Wir müssen uns jetzt links halten und von der Küstenstraße abfahren in Richtung Deichlinie." Lina betrachtete während der Fahrt die grobe Skizze, die vorsichtshalber am Armaturenbrett klebte.

"Dass wir aber auch unbedingt direkt am Wasser wohnen müssen …", murmelte der Alte unzufrieden.

"Hast du eine Ahnung! Am Deich zu wohnen bedeutet hier nicht, dass du unmittelbar am Meer bist. Vor der alten ehemaligen Deichlinie dort findest du die letzten Häuser und dahinter liegen die Polder. Das sind große Flächen, die einst mühsam dem Meer abgetrotzt wurden. Sie werden als Ackerflächen und Weiden genutzt. Dann folgt der eigentliche Schutzdeich. Er ist viel mächtiger als der so genannte Schlafdeich und gibt, wenn du auf ihm stehst, endlich den Blick auf die vorgelagerten Salzwiesen und das Wattenmeer frei. Wenn nicht gerade Ebbe ist, kannst du dann auch Wasser sehen", erklärte die Hauptkommissarin ihrem alten Vater geduldig, während sie dem Ziel immer näher kamen.

"Wenn ich dich richtig verstehe, kann ich mich also hier auch längere Zeit aufhalten ohne überhaupt das Meer zu Gesicht zu bekommen? Die Deiche sind ja ungefähr wie Berge — wenn auch künstliche ..." Er brummelte noch etwas Unverständliches vor sich hin, schien aber plötzlich sichtbar besser gestimmt zu sein.

Carina nahm die Beschallungsvorrichtung aus ihren Ohren und packte den Discman sorgsam ein. Sie ging fast liebevoll mit diesem Geschenk ihres großzügigen Vaters um, den sie leider nur selten sah, weil er in der Schweiz lebte.

15

"Sind wir hier auch richtig? Sieht ja fast aus wie Saigon", rief sie und deutete fröhlich lachend aus dem Autofenster, während ihre Mutter den Wagen geschickt in die Einfahrt eines der kleinen roten Klinkerhäuser steuerte.

Auf dem Nachbargrundstück arbeitete eine fünfköpfige offenbar vietnamesische Familie emsig in einem höchst intensiv genutzten Gemüsegarten. Nicht ein Quadratzentimeter des kostbaren Bodens schien sich selbst überlassen zu sein. Überall grünte und reifte, was die fruchtbare Ackerkrume hergab für einen vitaminreich und phantasievoll gedeckten Tisch. Die mit großen gelben Strohhüten vor der Sonne geschützten Personen, es waren zwei Männer und drei Frauen, sahen kurz von der Arbeit auf, als der Wagen vorfuhr. Sie lächelten alle sehr freundlich, verneigten sich wortlos zu einer Art Gruß, um sich aus dieser Bewegung heraus fast synchron gleich wieder den üppigen Gemüsebeeten zuzuwenden.

"Denkt bitte daran, dass wir ganz unbedarfte schrecklich normale Touristen sind! Alles klar?", wandte sich Hauptkommissarin Eichhorn eindringlich an ihre beiden Lieben, bevor sie alle das Auto verließen.

Eine wunderbar erfrischende Briese umfing sie im selben Augenblick. Es duftete nach blühenden Gräsern, fruchtbarer Gartenerde und Meersalz. Carina breitete begeistert die Arme aus und drehte sich wie ein kleines Mädchen jauchzend um sich selbst. Der pensionierte Kommissar hielt sich den schmerzenden Rücken und atmete tief ein.

"Ah, endlich wieder Sauerstoff! Hatte fast vergessen, wie die Luft ohne diese elenden Abgase riecht."

Aus dem Haus trat eine adrette ältere Dame mit umgebundener Küchenschürze auf sie zu. Das silbergraue Haar trug sie zu einem ordentlichen Knoten im Nacken zusammengehalten. Die Kleidung war trotz der sommerlichen Temperaturen dunkel und bedeckt. Ihr rosiges liebes Gesicht stand in einem krassen Widerspruch zu der sonst eher strengen Erscheinung, die irgendwie an eine altertümliche Gouvernante erinnerte.

"Sie müssen die Familie Eichhorn sein! Herzlich Willkommen miteinander!" Die Frau streckte ihnen beide Hände entgegen. "Ich hoffe, sie hatten eine angenehme Reise?".

Lina Eichhorn ergriff ihre Rechte und drückte sie herzlich. "Dann sind Sie wahrscheinlich unsere

17

Vermieterin, Frau Feldmann. "Wir freuen uns, dass Sie so kurzfristig noch eine Wohnung für uns frei hatten. Bei diesem herrlichen Wetter ist es in der Stadt wirklich nicht auszuhalten. Eine wundervolle Luft haben Sie hier!", plauderte die Kriminalbeamtin ungezwungen drauflos.

Selbst ihr kauziger alter Herr rang sich einige freundliche Worte für die sympathische Vermieterin ab.

Carina stand abseits und beobachtete aus ihren Augenwinkeln den etwa gleich alten Sohn der vietnamesischen Nachbarn beim Unkraut jäten. Das verschwitzte Muskelshirt und seine fleckige graue Arbeitshose konnten nicht verbergen, dass es sich hier um einen wohlproportionierten jungen Mann von edlem Wuchs handelte. Seine Bewegungen wirkten ausdauernd und geschmeidig, wie die eines exzellenten Karatekämpfers. Die junge Dame war so fasziniert von dem harmonischen Bild, dass ihre Mutter sie mehrfach ansprechen musste, bevor sie sich endlich anschickte, leise stöhnend ihr Gepäck aus dem Kofferraum zu holen.

Die Ferienwohnung lag im Dachgeschoss. Sie war nicht sehr groß. Die beiden Räume fassten aber alles Nötige für einen Urlaubsaufenthalt von vier

Personen und wirkten sauber und hell. Mochten die Möbel auch nicht mehr ganz dem modernen Geschmack entsprechen, so waren sie aber bequem und in ordentlichem Zustand. Das kleine blitzsaubere Bad enthielt neben der Dusche, ein Waschbecken und das WC. Im Schlafzimmer befand sich zu Carinas großer Erleichterung ein weiteres Waschbecken mit Spiegel. So würde sie sicher ausreichend Gelegenheit für ihre Schönheitspflege finden.

Frau Feldmann stand bereits in der Tür um sich zu verabschieden. Sie mochte nicht aufdringlich sein. Aus Erfahrung wusste sie, dass die Sommergäste bei ihrer Anreise meistens müde und gereizt waren. Außerdem sollten sie ihre Sachen in aller Ruhe in der Wohnung verstauen. Dabei störte eine schwatzende neugierige Vermieterin nur.

"Ich gehe dann wieder nach unten. Wenn Sie irgendetwas benötigen, schauen Sie einfach bei mir rein. Ich bin fast immer zu Hause. Übrigens, sollten Sie an einem regelmäßigen Mittagstisch interessiert sein: Ich koche gute Hausmannskost!" Die alte Dame sah die Gäste fragend an.

Gleichzeitig erklangen drei unterschiedliche Antworten:

19

"Oh, danke nicht nötig!" Die Hauptkommissarin war fest entschlossen, auf ihre Figur zu achten.

"Nee, ich bin Vegetarierin!" Carina hatte Angst, dass sie fettes Fleisch essen sollte.

"Das ist ja wirklich prima!" Big Boss begeisterte sich für den Gedanken, täglich bekocht zu werden.

Die drei Eichhorns sahen sich an und lachten.

"Vater, du kannst gern mittags bei Frau Feldmann essen. Dann könnten wir uns das Kochen während der Ferien vollkommen ersparen. Carina und ich kommen auch mit Salat und Sandwiches zurecht. Einverstanden?"

Tatsachen und Vermutungen

Bei einer Tasse Tee saß die Familie, nachdem alles in den Schränken verstaut war, einträchtig beieinander.

"Du könntest jetzt aber mal die Hosen runterlassen und uns einige Informationen zu deinem mysteriösen Einsatz geben", drängte der pensionierte Kommissar neugierig.

"Ja, das finde ich auch. Nicht, dass wir uns hier völlig ahnungslos in Lebensgefahr begeben. Das ist sowieso kein Job für eine Frau, wie du es bist!", stimmte seine Enkelin ein.

"Ich verbuche das mal als Kompliment. Aber, Spaß beiseite! Es ist nicht besonders günstig, wenn Ihr zu viel über meine Arbeit hier wisst. Ihr könntet euch nur verraten und dadurch die Aufklärung dieses brutalen Verbrechens behindern", versuchte die Hauptkommissarin ihre beiden Nervensägen zu beschwichtigen.

Vater und Tochter gingen aber fast in die Luft vor Empörung.

"Glaubst du vielleicht, ich will mir hier nur die Eier schaukeln, während du in aller Heimlichkeit deinen Mordfall aufklärst?", schimpfte der Alte.

"Du kannst mich wenigstens darüber aufklären, aus welcher Ecke mir hier ein Mörder entgegen springen könnte, bevor ich mich in naiver Leichtsinnigkeit den gewünschten Urlaubsaktivitäten hingebe", maulte Carina.

Hauptkommissarin Eichhorn gab sich bald geschlagen und räumte schließlich ein, dass es vielleicht auch Vorteile mit sich bringen könnte, zwei unauffällige absolut loyale Komplizen zu besitzen.

"Es handelt sich um den Mord an einem siebzehnjährigen Mädchen aus diesem Ort, wahrscheinlich erinnert Ihr euch an den Fall. Er ging durch alle Medien. Die zerstückelte Leiche wurde in mehreren Entwässerungsgräben in der Umgebung gefunden. Nur durch Zufall hatte ein Landwirt einen halbverwesten Unterschenkel entdeckt, der aus dem beinahe trockengefallenen Schlamm ragte. Mehrere Leichensuchhunde von den Kollegen aus Delmenhorst mussten danach in einer höchst mühevollen tagelangen Aktion, sämtliche Körperteile des Mädchens aufspüren. Die Arbeit war auch nur von Erfolg gekrönt, weil die Gräben durch die sommerliche Trockenheit nicht wie gewöhnlich vollkommen mit Wasser gefüllt waren. Sehr schnell konnten die sterblichen Überreste identifiziert werden, da bereits eine entsprechende Vermisstenanzeige vorlag.

Unsere Pathologen fanden außerdem heraus, dass die Ermordete im sechsten Monat schwanger war und vergiftet wurde, bevor man ihre Leiche zerstückelte. Das Tranchiermesser fand man ebenfalls in einem der Gräben. Leider gibt es bisher, trotz intensivster Bemühungen, keinen brauchbaren Hinweis auf den oder die Täter. Die Leute hier halten zusammen wie Pech und Schwefel. Dadurch verliefen alle Befragungen vollkommen ergebnislos. Der einzige vage Hinweis führte zu diesem Haus, in dem wir uns nun eingemietet haben.

Die liebe alte Dame ist nach Meinung der meisten Dorfbewohner eine Hexe, die Gifte zusammenmischt und die Zukunft voraussehen kann."

Lina Eichhorn sah zwischen ihrem Vater und Carina ratlos hin und her. "Ehrlich gesagt, scheint mir diese Spur eiskalt zu sein, zumal eine vorsorgliche Hausdurchsuchung keine Bestätigung dieses Verdachtes brachte." Sie nahm einen großen Schluck Tee.

"Man kann sich in Menschen irren!", meinte der ehemalige Kripobeamte tief in Gedanken versunken.

Doch bevor er damit beginnen konnte, einen seiner berühmten ehemaligen Fälle zum Vergleich heranzuziehen, platzte Carina heraus: "Hexe, Giftmischerin, Zukunftsorakel — ich glaube, wir sind im falschen Film! Leben die Leute hier vielleicht noch im tiefen Mittelalter?"

Ihre Mutter sah sie ernst an.

"Es mag sein, dass die Menschen hier auf dem Lande andere Dinge wichtig nehmen, als wir in unserer lauten anonymen Großstadt. Die Gemeinschaft der Dorfbewohner bildet wahrscheinlich eine Art großer Familie, in der sich einer auf den anderen verlassen kann. Natürlich gibt es da auch Streitereien, manchmal sogar sehr heftige, aber gegen alles Fremde, Bedrohliche steht man treu und fest zusammen. Ich kann mir vorstellen, mit welchen Schwierigkeiten die Kollegen zu kämpfen hatten, um überhaupt etwas über die Tote herauszubekommen, zumal sie ohne Trauschein schwanger war, was hier noch immer als

Schande gilt. Selbstverständlich will niemand etwas davon gewusst haben."

"Aber sie war schon im sechsten Monat, das kann doch den Eltern nicht verborgen geblieben sein!", protestierte Carina und warf beinahe ihre Teetasse um, weil sie so heftig gestikulierte.

"Ich erinnere mich sogar an einen Fall, da hat eine Fünfzehnjährige ihr Baby auf der Bahnhofstoilette entbunden, und niemand wusste Bescheid. Solche Dinge kommen zuweilen vor, natürlich vorwiegend in Familien, wo jeder nur mit sich selbst beschäftigt ist. Das hat noch nicht einmal etwas mit dem sozialen Status zu tun und schon gar nicht mit dem Wohnort", erklärte der Großvater.

"Das Mädchen wohnte hier mit seinem Vater allein. Vielleicht war der mit der Erziehung überfordert. Wir sollten ihn jedenfalls genauer unter die Lupe nehmen", schlug die Hauptkommissarin vor. "Carina, du könntest eventuell etwas über die freundschaftlichen Beziehungen der Toten herausfinden. Sicher wird es dir besser gelingen, Kontakt zur Dorfjugend herzustellen, als meinen Kollegen."

Carina schmollte. "Das werden schon ein paar Spacken sein, die hier rumlaufen! Was soll ich mit denen denn reden? Die leben doch bestimmt total hinterm Mond — ohne Disko und so …!"

Der pensionierte Kommissar schnitt ihr gnadenlos das Wort ab. Es gefiel ihm ganz und gar nicht, dass seine Enkelin in die Ermittlungen eingeschaltet werden sollte und er, als Kriminalist mit jahrzehntelanger Erfahrung, offenbar nicht.

"Eichhörnchen, was soll ich denn nun übernehmen? Ich weigere mich entschieden, hier nur den überflüssigen Mummelgreis zu mimen!"

"Aber, Big Boss, du hast doch die schwierigste Aufgabe", beschwichtigte ihn seine Tochter schlau. "Du musst das Vertrauen der angeblichen Giftmischerin gewinnen und feststellen, ob sie etwas mit der Sache zu tun hat. Außerdem reden die Einheimischen Männer bestimmt in ihrer Stammkneipe am Biertisch offener über die Angelegenheit. Dafür bist du genau der Richtige!"

"Na, das sind ja rosige Aussichten. Wenn ich von der Sphinx nicht mit einem vergifteten Braten beseitigt werde, besorgen das die Dorfbewohner mit einem Angriff auf meine Leber", brummte der Alte mit dem Leben versöhnt.

"Lina, was tust du eigentlich noch, wenn wir deine Arbeit machen?", fragte Carina frech.

26

"Oh, ich trage die ganze Last der Verantwortung und sorge für gute Laune", lachte Frau Eichhorn und räumte, zufrieden vor sich hin summend, den Tisch ab.

Liebe geht durch den Magen

"Hilfe …!" Es war ein heiserer fast erstickter Schrei, der sich der Kehle des pensionierten Herrn Eichhorn entrang und schließlich glücklicherweise an das Ohr der freundlichen Vermieterin drang. Sofort eilte die Frau vom Herd in den Hausflur. Sie rief die prächtige blauschwarze Dogge zurück, die den potentiellen Eindringling auf die typische ruhige aber unmissverständliche Art dieser Hunderasse in Schach gehalten hatte.

"Platz, Wanda!", befahl sie der mächtigen Hündin, die sich sofort fromm wie ein Lamm auf ihrer Decke niederließ.

"Sie kennt Sie noch nicht, deshalb ist sie etwas nervös geworden. Das kommt bestimmt nicht wieder vor. Aber am besten klingeln Sie in Zukunft immer kurz an, damit ich Ihnen persönlich öffne. Das ist sicherer", erklärte Frau Feldmann entschuldigend.

"Ach, ich dachte nur, weil der Schlüssel von außen steckte …", stammelte der alte Herr mit bleichem Gesicht.

"Ja, das ist nur wegen des Windes. Die Tür ist mir dadurch schon häufiger zugefallen. Ich finde es nicht sehr angenehm aus meinem eigenen Haus ausgesperrt zu sein." Die Dame lächelte verschmitzt aber auch etwas schuldbewusst.

Herr Eichhorn erholte sich zusehends von seinem Schrecken. Er mochte Hunde eigentlich gern. Zeitweilig hatte er selbst einen Dackel besessen, der sich jeglicher Erziehung standhaft widersetzt hatte und später einen verwahrlosten Schäferhund aufgepäppelt, der in einem seiner ehemaligen Fälle eine bedeutsame Rolle spielte.

Seit seiner Pensionierung setzte ihm seine Tochter dauernd zu, sich einen Hund anzuschaffen, schon wegen der regelmäßigen Bewegung an der frischen Luft. Aber er fürchtete, dass ihn das Tier überleben könnte und diesen Gedanken fand er irgendwie traurig.

"Darf ich sie streicheln?", fragte er zögernd und bückte sich zu dem edlen Tier hinab, nachdem die Frau ihm aufmunternd zugenickt hatte.

29

Die Dogge ließ die Liebkosung hoheitsvoll über sich ergehen. Nur den leichten Schwanzbewegungen konnte der Kenner eine gewisse freudige Erregung entnehmen.

"Du bist ja eine ganz reizende Lady. Sicher werden wir noch Freunde werden", schmeichelte der Pensionär mit weicher Stimme und wandte sich anschließend wieder der Hundebesitzerin zu. Letztendlich sollte er ja ihr Vertrauen gewinnen und nicht das der Hundedame. Aber die geeignetsten Wege zu den Herzen unserer Mitmenschen sind nicht selten die Umwege.

Frau Feldmann schien überaus davon angetan, dass der neue Sommergast ihre geliebte Wanda so schnell ins Herz geschlossen hatte. Ihre Ferienwohnung stand wegen der furchteinflößenden Hündin selbst in der Hauptsaison häufig leer. Nicht alle Urlauber zeigten so viel Tierliebe und Verständnis, wie dieser ältere Herr. Mit besonderer Zuvorkommenheit bewirtete sie ihren Gast mit dem, was ihre Kochkunst aus den ausnahmslos frischen Zutaten in der altertümlichen Küche gezaubert hatte.

Der Pensionär senkte ehrfürchtig den Löffel in die Cremesuppe, die nach vielen frischen Kräutern duftete. Als er danach das schmackhafte

Hauptgericht mit ähnlicher Andacht verspeist hatte, fühlte er sich fast so satt wie im Schlaraffenland. Doch der locker leichten Nachspeise, die aussah wie ein rosaroter Schaumkegel mit einer Schneespitze, konnte er nicht widerstehen.

Da seine geliebte Frau schon in jungen Jahren verstorben war und ihm zum Kochen einfach das Talent fehlte, ernährte er sich normalerweise von Fertiggerichten oder aus der Imbissbude und war derartige Leckereien nicht gewöhnt.

Während die Wirtin eine Tasse koffeinfreien Kaffee vor ihn hinstellte, lehnte sich der Gast sichtlich zufrieden in den bequemen Armstuhl zurück, strich genüsslich über seinen leicht vorgewölbten Bauch und seufzte: "Oh, vielen Dank! Ich hoffe nur, dass ist diesmal kein Traum, aus dem ich gleich schrecklich hungrig erwache!"

Die Frau sah ihn lächelnd an und sagte: "Für einen Gast, wie Sie, macht es wirklich besondere Freude zu kochen."

Sie unterhielten sich anschließend noch sehr lebhaft über das Essen und Kochen, über Hunde und einige Besonderheiten der landschaftlich schönen Umgebung.

Der ehemalige Kommissar vergaß bei dem unterhaltsamen Geplauder völlig, dass er eigentlich eine bestimmte Absicht damit verfolgte. Doch die Befürchtung, seine Vermieterin könne eine hexenhafte Giftmischerin sein, löste sich einfach in Wohlgefallen auf. Was blieb, war ein lange vermisstes wunderbar behagliches Gefühl voller Verwöhnaroma.

Bevor Herr Eichhorn sich zu einem Verdauungsspaziergang durch den kleinen Ort aufmachte, gab ihm seine freundliche Gastgeberin noch einen Hundekuchen für Wanda. Dies sei die beste Möglichkeit, Freundschaft mit der wählerischen Hundedame zu schließen, meinte sie lächelnd.

Wanda fraß erst, nachdem ihre Herrin die Erlaubnis dazu erteilt hatte, dann aber mit großem Appetit.

Der Pensionär beobachtete die stattliche Hündin mit dem dunkel glänzenden Fell voller Begeisterung. Vielleicht würde er seine Entscheidung bezüglich eines eigenen Hundes doch noch einmal gründlich überdenken. Natürlich brauchte ein solches Prachttier wie Wanda sehr viel Platz. Aber sein Einfamilienhaus am Stadtrand von Oldenburg war für ihn allein sowieso viel zu groß, und einen Garten besaß er auch. Da Lina und

Carina sich leider standhaft weigerten, zu ihm zu ziehen und es vorzogen, ihre großzügige Stadtwohnung mit einem verrückten schwulen Künstler zu teilen, könnte er genauso gut eine Dogge als Hausgenossin wählen.

Erkundungsspaziergang

Der Julitag war warm aber hier an der Küste keineswegs so schwül wie im Landesinneren. Es wehte fortwährend eine erfrischende Briese vom Meer her. Sie kühlte die strapazierte Haut, der Sonne und salzige Meeresluft gewaltig zusetzten.

Lina Eichhorn brach nach einer kurzen Mittagspause auf, um die Gegend näher in Augenschein zu nehmen. Ihre Tochter war nicht zu einem Spaziergang zu überreden. Sie lag leicht bekleidet in einem Liegestuhl auf der Wiese hinter dem Haus. Aus ihren Kopfhörern drang wie üblich laute Musik. Hinter einer modischen Sonnenbrille verborgen beobachtete sie aus den Augenwinkeln unentwegt das Nachbargrundstück, obwohl das völlig friedlich und uninteressant vor sich hin grünte.

Die Hauptkommissarin lenkte ihre Schritte in Richtung Meer. Einem kombinierten Wander- und Radweg folgend, erreichte sie bald den eigentlichen Schutzdeich. Es gab für die Gäste und

Einwohner des kleinen Ortes einen eigenen bequemen Übergang, der sogar befahrbar war. Jedoch wurde Unbefugten mit abschließbaren Gattern die Durchfahrt verwehrt. Für Fußgänger und Radfahrer befanden sich kleine Tore in den Absperrungen oder hölzerne Tritte um ein Übersteigen der Hindernisse zu ermöglichen. Die Grünflächen wurden überwiegend als Viehweiden genutzt. Hier und da baten Hinweistafeln, die Tore wieder fest zu schließen, damit die Kühe und Schafe nicht entweichen konnten.

Auf dem vom ständigen Sog der Tideströmung stark zerklüfteten Deichvorland hatten sich robuste, Salzwasser resistente Pflanzen angesiedelt. Während der Sommermonate wurde es gewöhnlich nicht überschwemmt.

Lina Eichhorn sah einige Touristen auf Decken oder mitgebrachten Klappstühlen ihre nackte Haut der Sonne darbieten. Kinder wuselten fröhlich dazwischen umher. Sie suchten in den vom Meer ausgewaschenen Mulden und Rinnen nach Muscheln und kleinen Krebsen oder buddelten begeistert in dem daran anschließenden schwarzen Wattboden. Es war kein Wasser zu sehen — also Ebbe.

Feucht in der grellen Sonne glänzend lag der Meeresboden wie unfreiwillig entblößt da. An einigen Stellen bohrten Vögel ihre langen gebogenen Schnäbel in den weichen Morast, um kleine Tierchen, die sich dort Schutz suchend verkrochen hatten, gnadenlos herauszupicken.

Ohne Hast schlenderte die Kriminalbeamtin durch das bunte von vielen verschiedenen Dialekten untermalte Treiben und suchte sich einen etwas erhöhten Platz, von dem aus sie alles gut im Auge hatte.

Sie hob sich in nichts von den wirklichen Erholungsuchenden ab: leichte Kleidung, Sonnenbrille, Decke unter dem Arm. An ihrer vornehmen Blässe konnte jeder erkennen, dass sie ein Neuankömmling sein musste. Die Anwesenden nahmen nur kurz Notiz von der immer noch sehr gut aussehenden schlanken Mittvierzigerin und wandten sich dem wohlverdienten Müßiggang wieder zu.

Sie setzte sich auf die zusammengefaltete Decke, schlang die Arme um ihre Knie und schaute über die Leute hinweg auf das dampfende Watt. Die vorgelagerte Insel — es musste sich dabei um Baltrum handeln — war nicht klar zu erkennen. Es hatte sich über dem aufgeheizten schwarzen

Schlick schleierartiger Dunst gebildet und stellenweise flimmerte die Luft. Schemenhaft, fast wie bei einer Fatamorgana, erschienen die Umrisse der Inselkette und eines großen weißen Schiffes, das entlang der wasserführenden Fahrrinnen in weiter Entfernung seine Bahn zog.

Eine Gruppe Jugendlicher stapfte im weichen warmen Watt umher. Einige bewarfen sich gegenseitig mit dem Modder, andere rieben sich von Kopf bis Fuß mit schwarzem Schlamm ein. Die wandelnden dunklen Matschwesen, an denen nur noch die Augen menschlich wirkten, sahen zum Fürchten aus, als sie anschließend dem Grünstrand zu wateten.

Frau Eichhorn musste leider innerlich zugeben, dass es hier im Augenblick nichts, aber auch gar nichts, für eine Kriminalistin zu tun gab. Sie war sicher, den Fall keineswegs an den beliebten Urlaubertreffpunkten zu lösen, denn von dort hielten sich die Einheimischen offenbar während der Hochsaison sehr konsequent fern. Sie musste unauffällige Wege finden mit Dorfbewohnern ins Gespräch zu kommen. Also packte sie ein wenig widerstrebend ihre Decke zusammen und begab sich ohne Eile zurück auf die Dorfstraße.

Als sie an ihrem Feriendomizil vorbei schlenderte, bemerkte sie, dass ihre Tochter sich entlang des hölzernen Gartenzaunes eifrig zu schaffen machte, so als säubere sie das Blumenbeet von Unkräutern. Carinas plötzliche Freude an der Gartenarbeit wunderte sie sehr. Aber sie hielt sich nicht lange bei diesen irritierenden Gedanken auf, sondern ging zielstrebig weiter die Straße entlang in Richtung des einzigen Lebensmittelladens.

Das Geschäft gehörte zu einer der weit verbreiteten Ladenketten, die ständig mit besonders preiswerten und frischen Produkten in unmittelbarer Nähe des Verbrauchers warben. Und tatsächlich wirkte der verhältnismäßig kleine gut klimatisierte Verkaufsraum sauber und die übersichtlich angeordneten Waren ansprechend. Nur eine Verkäuferin stand zur Bedienung oder Beratung der Kunden bereit. Im Augenblick saß sie jedoch beschäftigungslos hinter der Ladenkasse und feilte mit stoischer Ruhe einen abgebrochenen Fingernagel rund. Das Läuten der Türglocke ließ sie völlig kalt und entlockte ihr nur einen knappen Seitenblick.

Lina Eichhorn grüßte freundlich und ergriff einen der kleinen Drahtkörbe, die am Eingang für die Kunden bereitstanden. Gemächlich schritt sie entlang der Regalreihen, so als informiere sie sich über die Produktpalette. Sie nahm die eine oder andere Packung in die Hand und sah nach dem Preis, dann stellte sie aber alles ordentlich zurück. Schließlich langte sie vor dem Obst und Gemüsestand an. Sie stand eine Weile unschlüssig da, dann bewegte sich knarrend der Stuhl der Verkäuferin, und die erhob sich ächzend.

"Möchten Sie, dass ich Ihnen etwas abwiege? Ich komme sofort", sagte sie verbindlich in einwandfreiem Hochdeutsch mit leicht ostfriesischem Sound. Kommissarin Eichhorn bedankte sich für die Hilfe und wählte einige frische Waren für ihre Familie aus.

Die Verkäuferin war trotz einer beachtlichen Körperfülle flink bei der Arbeit. Sie trug einen sauberen weißen Kittel, der über dem Busen spannte. An der Brusttasche war ein Schild mit der Aufschrift ,Frau Alberts' befestigt. Nachdem sie die Waren in den Einkaufskorb gelegt hatte, fragte sie freundlich: "Kann ich sonst noch etwas für Sie tun?"

Die Kommissarin fragte nach einem speziellen Haarpflegemittel, das der kleine Laden aber leider nicht führte. Während sie die Einkäufe zur Kasse trug verwickelte sie Frau Alberts in ein längeres Gespräch über das schöne Wetter und die erholsame Umgebung. Bereitwillig und völlig arglos plauderte die junge Frau mit der vermeintlichen Touristin.

"Ja, das ist ein wirklich friedlicher Ort hier. Da kann man die grausame brutale Welt ein Weilchen vergessen", meinte die Kriminalistin hintersinnig.

"Ja, ja, das mag wohl so sein. Nur glauben sie ja nicht, dass hier nie etwas Aufregendes passiert! Erst vor kurzem ist in unserem Dorf ein junges Mädchen ermordet worden. Aber das ist mal sicher: Das war niemand von den Einheimischen. Es läuft ja inzwischen so viel Gesindel überall herum — da ist das alles gar kein Wunder", berichtete sie mit wichtigem Unterton.

Die Kommissarin konnte ihre Freude kaum verbergen, fragte aber mit gut gespieltem Erstaunen: "So? Das kann ich mir gar nicht vorstellen? Wie ist denn das genau gewesen?"

"Die Polizei hat den Fall noch nicht aufgeklärt. Aber die Kleine war schwanger. Sie wurde vergiftet und anschließend zerstückelt. So was macht doch nur ein Perverser!" Anschließend schilderte die Verkäuferin noch genüsslich alle Einzelheiten über die Fundorte der Leichenteile. Das ganze

Dorf hatte sich unaufgefordert an der Suche beteiligt und dabei — wie Frau Eichhorn aus der Akte wusste — viele wichtige Spuren verwischt.

"Meinen Sie nicht, der Liebhaber des Mädchens könnte etwas mit der Sache zu tun haben? Manchmal freunden Männer sich nur schwer mit dem Gedanken an, Vater zu werden", warf Lina Eichhorn ein.

Die Verkäuferin schüttelte energisch den Kopf. "Die hatte keinen richtigen Freund. Ihr Vater ist ein fürchterlicher Eigenbrötler und Sturkopp. Er hat sie kaum aus dem Haus gelassen. Sie half nur manchmal bei der alten Deichhexe im Kräutergarten, sonst ging sie seit ihrer Schulentlassung nicht vor die Tür. Das war kein Leben für so ein hübsches junges Ding auf diesem verwahrlosten heruntergewirtschafteten Hof. Wer weiß, ob die alte Hexe ihr nicht das Balg angehext hat. Einen Mann gibt es in der ihrem Haus nämlich nicht. Die ist schon seit vielen Jahren Witwe."

"Eine richtige Hexe?" Die Kommissarin riss übertrieben die Augen auf und hielt sich wie erschrocken die Hand vor den Mund.

"Ja, sehen Sie, das hätten Sie nicht gedacht, dass es so was noch gibt, nicht wahr?" Die Verkäuferin kostete in einer wonnigen Minute des

Schweigens das scheinbar neugierige Erstaunen der Kundin aus, dann fuhr sie flüsternd fort: "Nur bei Vollmond um Mitternacht erntet sie ihre geheimnisvollen Kräuter. Sie braut daraus Zaubertränke und stellt Pasten her. Manche Leute kommen von weither zu ihr, um die Mittelchen zu kaufen. Ob sie wirken, weiß ich zwar nicht genau, aber meine Kusine zweiten Grades aus Marienhafe, die hat mal eine wunderbare Heilsalbe für ein Ekzem von ihr bekommen. Außerdem kann sie die Zukunft voraussehen."

"Wer? Ihre Kusine?"

"Nein, natürlich die alte Deichhexe. Es ist nämlich eine ehemalige Zigeunerin. Die hat sich hier den reichsten Bauern geangelt und ihm dann nach und nach hingeholfen. Bestimmt hat sie ihm Gift ins Essen gemengt. Eines Tages ist er tatsächlich tot zusammengebrochen. Danach hat sie sich dann den schwarzen Höllenhund zugelegt. Ein fürchterlich grauenvolles Biest mit Zähnen so groß wie Tennisbälle." Die junge blonde Frau schüttelte sich, dass ihre voluminöse Gestalt in gefährliche Schwingung geriet.

In diesem Moment ertönte die Türglocke, weil zwei Kinder den Laden betraten um Eis zu kaufen.

Die Verkäuferin richtete sofort ihr Augenmerk ausschließlich auf die Kleinen. "Man kann mit denen nicht vorsichtig genug sein", wandte sie sich abschließend an die Kommissarin, die ihre Einkäufe in einer Plastiktüte verstaute. "Die sehen aus wie kleine Engel, klauen aber wie die Raben!" Dann walzte sie auf die kleinen Kunden zu, um ihnen das gewünschte Eis aus der Gefriertruhe zu holen.

Die Kommissarin verließ den Laden, zufrieden, wenigstens ein paar vage Hinweise erhalten zu haben.

Tagesausklang

Zum Abendbrot saß die kleine Familie gemeinsam um den runden Tisch in der Ferienwohnung. Lina hatte einen herrlich knackigen Salat aus vielen bunten Zutaten angerichtet. Dazu gab es frisches Bauernbrot und verschiedene Sorten Käse. Big Boss trank ein kühles Pils und schmatzte vor wahrer Sinnenlust genüsslich beim Essen.

"Na, was hast du heute so getrieben, Hörnchen? Ich glaube, du warst zu lange in der Sonne", fragte die Mutter Carina etwas besorgt.

"Nee, das wird alles braun. Du weißt doch, dass ich Ricardos dunkle Haut geerbt hab. Und außerdem, was soll ich hier anderes tun, als ununterbrochen in der Sonne zu liegen?" Sie wirkte patzig und sprach mit vollem Mund.

Lina überging das unwirsche Verhalten ihrer Tochter einfach. Erfahrungsgemäß beseitigte diese Methode ihre schlechte Laune am schnellsten.

"Ich war kurz am Meer. Dort wäre es für dich sicher unterhaltsamer gewesen. Es gab viele junge Leute da, die eine Menge Spaß miteinander hatten."

"Das Wasser war doch gar nicht da! Frau Feldmann hat mir erklärt, dass erst gegen Abend Hochwasser ist. Blöde, diese dauernde Ebbe und Flut! Wie soll man dabei vernünftig im Meer schwimmen? Zu allem Überfluss ändern sich die Zeiten auch noch von Tag zu Tag", maulte Carina weiter und hieb die weißen gesunden Zähne in ein dick belegtes Käsebrot.

Der Großvater betrachtete sie amüsiert und meinte: "Ich finde das gar nicht so übel, dass die Hälfte der Zeit kein Wasser zu sehen ist. Aber, wenn du so wild auf das Meer bist, kannst du ja nach dem Abendbrot noch einen Blick über die Deiche wagen. Es bleibt hier im Moment fast bis Mitternacht hell."

Lina sah ihren Vater erfreut an.

"Ja, so ein wundervoller Sonnenuntergang am Meer — das wäre nicht übel."

"Ohne mich! Du weißt, wie ich die See verabscheue. Ich bin nur wegen des Mordfalles mitgekommen. Aber ich glaube fast, du hast vergessen, dass es hier Arbeit für dich gibt", brummte der Alte unfreundlich.

"Dann gehen Lina und ich eben allein", solidarisierte sich Carina nun mit ihrer Mutter. "Wir werden schon nicht ermordet."

"Tut, was ihr nicht lassen könnt. Ich habe sowieso schon lange aufgegeben, euch zu erziehen! Außerdem muss ich gleich noch schnell zu Frau Feldmann hinunter."

"Ach, so? Bist du mit ihr weitergekommen? Hat sie dir irgendetwas Interessantes erzählt?" Die Hauptkommissarin war im Handumdrehen ganz mit ihrem Fall beschäftigt.

Nur widerstrebend berichtete der Pensionär von seinem Zusammentreffen mit Hund und Herrin. Schließlich hatte er sich dabei nicht gerade mit Ruhm bekleckert.

"Das klingt ja alles ziemlich harmlos. Die Verkäuferin in dem hiesigen Minisupermarkt hat im Gegensatz dazu kein gutes Haar an unserer Vermieterin gelassen. Du musst unbedingt herausfinden, ob die Frau tatsächlich Pflanzengifte im Haus hat. Die sind schließlich genauso wirksam wie chemische Mittel und unter Umständen leichter zu gewinnen", drängte seine Tochter.

"Mit welchem Gift soll das Mädchen denn umgebracht worden sein?" fragte Carina neugierig.

"Das ist nicht so einfach festzustellen, wenn man nicht weiß, wonach man suchen soll. Es handelte sich wahrscheinlich um eine Art Cocktail aus verschiedenen Wirkstoffen, der zum Herzstillstand geführt hat. Jedenfalls nichts, was man in dieser Form in der Apotheke kaufen kann. Bei den vielen neuen Drogen, die verantwortungslose Dealer täglich auf den Markt werfen, können wir auch nicht völlig ausschließen, dass das Mittel vielleicht aus diesen Kanälen stammt", erklärte die Kriminalbeamtin mit hoffnungslosem Achselzucken.

"Gibt es hier in der Pampa schon eine richtige Drogenszene?", wunderte sich die Neunzehnjährige.

"Ja, leider müssen wir immer wieder mit Erschrecken feststellen, dass sich die Kriminalität schneller und nachhaltiger ihren Weg bis in die hintersten Ecken unseres Landes bahnt, als der wirtschaftliche Fortschritt." Lina Eichhorn wirkte für einen Moment ehrlich betroffen. Dann lächelte sie jedoch und meinte unternehmungslustig: "So, jetzt ziehen Hörnchen und ich los, um die Gegend unsicher zu machen. Du bist doch bestimmt so nett, den Tisch abzuräumen?" Sie drückte ihrem alten Vater einen dicken Kuss auf die Wange und war auch schon mit Carina durch die Tür entschwunden, ohne seine Antwort abzuwarten.

Wan

"Igitt!" schrie Carina auf und schoss augenblicklich aus dem Liegestuhl hoch, wo sie von Musik bedröhnt vor sich hin gedöst hatte.

Mit dem Badetuch wischte sie sich hastig einen ekelerregenden fetten Möwenschiss vom Bauch. Dann packte sie das große bunte Tuch mit spitzen Fingern und wollte es gerade zum Auswaschen nach oben tragen, als ein äußerst unverschämtes Lachen vom Nachbargrundstück sie aufhorchen ließ.

Ein kurzer Blick genügte, um sie völlig aus dem Konzept zu bringen. Jenseits des Zaunes stand der gutaussehende Vietnamese und grinste breit. Er war diesmal nicht in schmutzigen Arbeitshosen, sondern sehr modisch und figurbetont gekleidet. Seine fleißigen Hände vergrub er lässig in den großen Taschen der khakifarbenen Sommerhose. Auf dem glänzenden dichten schwarzen Haar trug er, äußerst keck eine farblich abgestimmte Mütze. Die dunklen Augen wirkten intelligent und sehr interessiert an dem, was er vor sich sah. Mit einem spöttischen Lächeln kam er näher.

Carina stand etwas dümmlich da in ihrem knappen Bikini. Das beschmutzte Badelaken entglitt ihren zitternden Händen und fiel als bunter Farbklecks auf die Wiese. Ihre Knie waren weich wie Pudding. Wohin mochte sich ihre überlegene Selbstsicherheit so plötzlich verflüchtigt haben? Sie fühlte sich nackt, hässlich und dumm. Wahrscheinlich hielt ihr Gegenüber sie wegen ihres blöden Gehabes nun für ein naives Blondchen aus der Großstadt. Natürlich war sie in Wirklichkeit weder innerlich noch äußerlich blond und blauäugig, sondern ein reizendes dunkelhaariges junges Mädchen mit wundervollen wachen Augen, denen man die kritische Intelligenz ohne weiteres ansah.

Sie wagte ein schüchternes Lächeln und blickte den Jungen direkt an. Das machte alles nur noch schlimmer. Wie ein greller Blitz schoss es ihr durch den Kopf: "Carina, es hat dich voll erwischt!"

"Ist alles mit Ihnen in Ordnung?", fragte der Nachbar etwas verunsichert, weil sie so konfus dastand. Als er keine Antwort bekam, machte er noch zwei, drei Schritte auf sie zu und stand schließlich direkt am Zaun.

"Sie sind Floras neue Feriengäste, habe ich Recht? Ich sah Sie vorgestern mit dem Wagen ankommen. Ganz schicke Kiste, der Japaner. Sieht aus wie ein Geländewagen. Hat bestimmt Vierradantrieb, oder?", redete er weiter auf Carina ein. Sein Deutsch war ausgezeichnet und nahezu akzentfrei.

"Ja, Terrano von Nissan …", brachte Carina mit Mühe und belegter Stimme heraus.

"Wie?"

"Der Wagen ist ein Terrano von Nissan mit Vierradantrieb — geländetauglich", erklärte sie ihm schon etwas frecher. Dann hob sie geschmeidig das Tuch vom Boden auf und hielt es geschickt vor ihren sonnenverbrannten Bauch. "Ich heiße übrigens Carina Eichhorn. Du kannst mich ruhig duzen. Wir dürften ungefähr gleich alt sein."

Jetzt war es an dem jungen Mann unsicher zu werden. Er stotterte ein wenig herum und stellte sich dann endlich vor: "In Deutschland nenne ich mich Wan, weil mein vietnamesischer Name für euch schlecht zu sprechen ist."

"Sag ihn mir bitte trotzdem, oder hältst du mich für zu dumm?"

Wan nannte seinen vollständigen Namen und Carina musste sich eingestehen, dass sie keine einzige dieser aneinander gereihten Silben auch nur annähernd genau hätte wiederholen können. Schon der Klang der fremden Sprache war so verwirrend anders, dass sich die einzelnen Worte nicht einprägen wollten.

"Na, ich muss neidlos anerkennen, dass du mir etwas sehr Wichtiges voraus hast", sagte sie bewundernd.

"He, was meinst du?", fragte er zweifelnd und zog in eigenartiger Weise die Nase kraus.

"Du beherrschst meine Muttersprache ausgezeichnet. Ich hingegen verstehe deine überhaupt nicht!" Carina schaffte es tatsächlich, ihn strahlend anzulächeln, wodurch an ihrem Kinn ein Grübchen sichtbar wurde.

"Ach, das meinst du! Wenn du seit zwölf Jahren in Vietnam gelebt hättest, wäre dir meine Sprache genauso vertraut. Das ist absolut keine Kunst, sondern nur reines Überlebenstraining", reckte sich der Junge nicht ohne Stolz in die Höhe.

Carina kam plötzlich der rettende Einfall: "Was kann man hier als junger Mensch eigentlich unternehmen, damit man nicht vor Langeweile eingeht?"

"Du bist kaum hier und langweilst dich schon?", neckte Wan sie, dann schwenkte er jedoch ernsthaft auf ihre Frage ein. "Ich werde von meiner Familie ziemlich eingespannt, deshalb habe ich kaum Freizeit. Abends treffe ich mich meistens mit einigen anderen bei der alten Schule. Manchmal fahren wir mit den Rädern nach Norden und trinken was oder gehen tanzen, wenn irgendwo die Post abgeht. Wenn du Lust hast, hole ich dich heute Abend ab, dann kannst du selbst sehen."

Voll Begeisterung stimmte Carina zu. Wan verabschiedete sich, weil er noch Einkäufe erledigen musste. Sie sah ihm nach bis er hinter dem Haus verschwand. Beinahe hätte sie dabei vor Entzücken das Atmen vergessen. Dann hüpfte sie leicht wie eine Feder und trunken vor Glück in die obere Etage, um fröhlich trällernd den hässlichen Fleck aus ihrem flauschigen Lieblingsbadetuch zu waschen.

Medizinische Gespräche

"Komm Wanda, leg dich brav hier hin!" lockte Frau Feldmann ihre schöne große Hündin. Dann begann sie mit den dringend notwendigen Streicheleinheiten.

"Doggen brauchen sehr viel intensive Zuwendung. Es sind große kräftige Tiere, die sehr ruhig und überlegen wirken, aber in ihrem Innern schlummert eine tiefe Sensibilität und ein fast unstillbares Verlangen nach Nähe und Zärtlichkeit", erklärte sie Herrn Eichhorn verständnisvoll lächelnd.

Der alte Herr saß in ihrem Wohnzimmer vor einer Tasse Kaffee und ließ es sich gut gehen.

"Ja, ja", seufzte er nun verschmitzt, "Tiere haben es oft besser als Menschen!"

Die Vermieterin lachte herzlich und Wanda hob wie fragend den Kopf. Aus treuen klaren Augen sah sie den pensionierten Kommissar durchdringend an.

"Du bist ein kluges Mädchen, Wanda. Verstehst wohl alles, was?", schmunzelte der Alte und beugte sich vor, um der Hündin den Hals zu tätscheln. Sie ließ sich die Liebkosung gern gefallen.

"Können Sie sich vorstellen, dass man meine Wanda im Dorf den Höllenhund nennt?", fragte die Frau unvermittelt und ein wenig traurig, wie es dem erfahrenen Kriminalisten schien.

"So? Ihre Nachbarn verstehen wahrscheinlich nicht viel von Hunden und haben einfach Angst, denke ich." Er antwortete so vorsichtig, weil er dem Gespräch auf keinen Fall eine andere Wendung geben wollte. Und richtig — Frau Feldmann blieb beim Thema.

"Nein, das ist es nicht allein. Es liegt an mir. Sie hassen den Hund, weil er zu mir gehört." Sie machte eine kleine Gedankenpause und fuhr dann fort: "Sie haben mir bis heute nicht verziehen, dass der wohlhabende Johann Feldmann mich, die hergelaufene Fremde, damals geheiratet hat." Sie kraulte Wandas Kopf, der in ihrem Schoß ruhte und sah ihr Gegenüber nicht an. Der ehemalige Kripobeamte wartete gespannt, dass sie weiterredete.

"Verlogene Zigeunerin und gemeine Erbschleicherin nannten sie mich hinter vorgehaltener

Hand. Und das waren nicht einmal die schlimmsten Beschimpfungen, die über mich kursierten. Als mein Mann von einer heimtückischen Krankheit befallen wurde, gaben sie selbstverständlich mir die Schuld. Und als er schließlich, trotz aller Pflege und Fürsorge, von mir genommen wurde, sollte ich ihn gar auf dem Gewissen haben. Ja, Menschen können sehr grausam sein. Da lobe ich mir doch meine treue Wanda." Die Hündin stellte, als sie ihren Namen hörte, wachsam die Ohren auf. Da ihre Herrin sie aber weiter streichelte und kraulte, entspannte sie sich schließlich wieder.

"Der Mensch ist eben das gefährlichste Raubtier hier auf Erden. Dazu hat ihn seine Intelligenz gemacht. Vielleicht hätten Adam und Eva uns einen großen Gefallen getan, wenn sie nicht vom Baum der Erkenntnis genascht hätten", philosophierte Herr Eichhorn, denn er wusste nicht, wie er sich im Moment am klügsten verhalten sollte.

"Ja, ja, Adam und Eva — mit denen fing das ganze Unglück an. Die Gier ist es, die die Menschen leiden lässt. Die Gier nach allem, was sie unbedingt tun oder besitzen müssen. Ich glaube, dass die grenzenlose Gier aus dieser Welt genommen werden müsste, um sie lebenswert zu machen." Es folgte eine kleine Pause, in der man eine

Stecknadel hätte fallen hören können. Dann fragte die alte Dame ganz direkt, während sie dem sympathischen Herrn auf eine eigentümliche Weise tief in die Augen sah: "Sind Sie eigentlich glücklich?"

Der pensionierte Kommissar fühlte sich ein wenig überrumpelt, senkte den Blick und schaute verlegen in seine leere Kaffeetasse, dann antwortete er vorsichtig: "Glücklich? Na, wer ist schon immer glücklich? Glück ist meiner Meinung nach ein zu flüchtiges und intensives Gefühl, als dass es von langer Dauer sein könnte. Zufriedenheit ist schon eher der angemessene Ausdruck, um einen länger anhaltenden erfreulichen Zustand zu beschreiben. Und ehrlich gesagt, zufrieden bin ich auch nicht durchgängig."

"Wer ist das schon? Da haben sie wirklich recht. Aber möchten Sie vielleicht noch einen Kaffee? Oder lieber einen kleinen Portwein?" Sie erhob sich abrupt. Die Hündin legte sofort beleidigt den Kopf zwischen die Pfoten und rührte sich nicht mehr.

"Ach, bleiben Sie doch gemütlich sitzen. Ich bin wirklich bestens bedient und im Augenblick rundum zufrieden. Sie sind eine ausgezeichnete

Köchin. Ziehen sie das Gemüse eigentlich selbst?"

Frau Feldmann räumte das Kaffeegeschirr in die angrenzende Küche und plauderte dabei weiter: "Ja, bis auf einige Arten, die hier sehr schlecht gedeihen. Ich habe vor allem einen schönen großen Kräutergarten. Den können Sie gerne sehen, wenn es Sie interessiert. Aber ich pflücke auch viele Wildkräuter in der freien Natur, die gemeinhin als Unkräuter bezeichnet werden, jedoch wundervolle Wirkstoffe enthalten. Die sind nicht nur für die Küche geeignet, sondern auch als Heilmittel. Manche der synthetisch hergestellten Arzneien sind den in der Natur vorkommenden sogar unterlegen."

Der Pensionär spitzte die Ohren und nahm eine innerliche Hab-Acht-Stellung ein.

"Ach, Sie meinen damit diese homöopathischen Mittel oder Naturheilmittel, die inzwischen überall in Mode kommen. Ich persönlich setze kein großes Vertrauen in diese Kräuterchen. Da halte ich es doch lieber mit der Schulmedizin, die in den letzten Jahren nachweislich sehr gute Fortschritte gemacht hat", versuchte er sie zu provozieren.

"Die Schule, in der die Heilkraft der Kräuter gelehrt wird, verzeichnet nicht erst in letzter Zeit gute Erfolge. Dieses Wissen stammt aus den Kinderschuhen der Menschheit und wurde leider nur von wenigen Lehrern und Lehrerinnen bis in die Gegenwart gerettet. Meines Erachtens verdiente es noch größere Beachtung, als es heute in einigen Kreisen verständlicherweise bereits genießt. Wenn die Naturheilverfahren lediglich als unterstützende Ergänzung zu den Methoden einer so genannten Schulmedizin angesehen werden, vergessen die Menschen, dass gerade diese uralten natürlichen Therapien der modernen Medizin den Weg bereitet haben. Sie sind der Sockel, auf dem die Gesundheit der heutigen Menschheit begründet ist. Und selbst die supermoderne Wissenschaft hat es bis jetzt nicht fertiggebracht, der wunderbaren Natur alle ihre heilsamen Geheimnisse zu entreißen."

Die Frau saß nach ihrem glühenden Plädoyer zugunsten der Naturmedizin sofort wieder still und bescheiden da und kraulte ihre liebesbedürftige Hündin.

Herr Eichhorn schluckte und meinte dann verlegen lächelnd: "Vielleicht sollte ich jetzt doch ein winziges Gläschen Port …, nur weil Alkohol in Maßen auch sehr heilsam sein kann."

"Ich kann Ihnen alternativ einen selbstgemachten Kräuterlikör anbieten. Der ist ausgezeichnet für die Verdauung und garantiert ohne schädliche Zusätze", schlug die Wirtin sofort bereitwillig vor.

"Da sage ich selbstverständlich nicht nein. Sie müssen aber unbedingt mit mir anstoßen", verlangte er.

Unangenehme Bekanntschaft

Lina Eichhorn trug einen großen Sonnenhut in der Farbe einer reifen Aubergine und ein hervorragend damit harmonierendes leichtes Viskosekleid mit kleinem Blumenmuster. Jeder sah ihr schon von weitem die Touristin an. Und das war auch beabsichtigt. Sie hatte sich vorgenommen, so harmlos und naiv wie möglich, den Bauernhof aufzusuchen, wo das getötete Mädchen einst sein freudloses Dasein verbrachte.

Das alte Gehöft lag etwas außerhalb des eigentlichen Dorfes. Die Hauptkommissarin bedauerte es, dass sie Sandalen mit unbequemen Absätzen trug, denn der Weg war schlecht gepflastert und zog sich fast endlos in die Länge. Obwohl es schon Nachmittag war, brannte die Sonne noch unerbittlich. Es gab kaum Schatten auf der Strecke, da keine Bäume das Landschaftsbild bereicherten. Nur einige dicke niedrige Weidenbüsche wuchsen in den Entwässerungsgräben zu beiden Seiten.

Jedes Mal, wenn sie einen dieser Büsche passierte und aus seinem Windschatten heraustrat, ergriff die Meeresbrise ihren Hut. Sie benötigte beide Hände, um ihn in der gewünschten Position auf ihrem Kopf zu halten. Sie begegnete keiner Menschenseele. Nur schwarzweiße Kühe weideten friedlich auf den umliegenden Wiesen.

Nach einer halben Stunde Kampf mit der Natur sah Frau Eichhorn den Bauernhof endlich aus der Nähe. Erst jetzt fiel der schlechte Zustand des großen Gebäudes richtig ins Auge. Wenn die Kriminalistin nicht sicher gewesen wäre, dass dieses halbverfallene Haus bewohnt war, hätte sie sich durch das wenig einladende Aussehen wahrscheinlich abschrecken lassen. So öffnete sie jedoch demonstrativ ihre kleine Handtasche, zückte Spiegel und Lippenstift, malte in aller Ruhe ihre Lippen an und stöckelte dann mit übertriebenem Hüftschwung auf die abgeblätterte hölzerne Eingangstür zu.

Wahrscheinlich hatte der Besitzer des Anwesens sie schon eine Weile beobachtet. Hinter schmutzigen Gardinen schien sich jedenfalls eine Gestalt zu bewegen. Die Frau schritt mutig voran und schlug in Ermangelung einer Klingel mit der flachen Hand gegen die ehemals grün gestrichene Tür.

"Hallo, ist hier jemand? Bitte machen Sie doch auf!", rief sie mit verzweifelter Stimme.

Es dauerte mehrere Minuten, bevor sie innen Geräusche vernahm. Und als ihr geöffnet wurde, wünschte sie fast, es wäre nicht geschehen.

Ein übler Schmutzgeruch vermischt mit Alkohol waberte aus dem Haus, vorbei an einem breiten äußerst primitiv wirkenden Kerl. Er hatte struppiges graues Haar und war seit Tagen unrasiert. Wasser und Seife schienen für ihn Worte zu sein, die er nicht einmal buchstabieren konnte.

Über einem langärmligen Unterhemd, dessen Farbe undefinierbar war, trug er ausgeleierte Hosenträger, die eine fleckige Beinbekleidung ohne Knöpfe hielten. Sein Bauch wölbte sich wie eine dicke Kugel über dem offenen Hosenschlitz. Bevor er etwas sagen konnte, rülpste er der Hauptkommissarin mitten ins Gesicht. Sie wich angeekelt einen Schritt zurück. Da torkelte er aus dem Hauseingang auf sie zu.

"Wat wullt Se denn? We heben keen een Kamme to vermeetn! We brouken keen Summergäst un ook keen Spions net...!" Der Mann rülpste erneut und stützte sich wankend an der Hauswand ab.

"Oh, entschuldigen Sie bitte, wenn ich störe. Ich habe mich total verlaufen. Meine Füße tun mir so entsetzlich weh, dass ich unbedingt eine kleine Pause brauche. Vielleicht kann ich mich hier bei Ihnen einen Moment verschnaufen?", flötete Lina Eichhorn mit filmreifem Augenaufschlag, während sie ihren breitkrempigen Hut mit der rechten Hand im Nacken festhielt.

"Hä?" Der schmuddelige Bursche sah sie verständnislos an und rülpste abermals ungeniert.

Obwohl ihr nicht gerade der Sinn danach stand, mit diesem Primitivling nähere Bekanntschaft zu schließen, ließ die Kriminalbeamtin aus taktischen Gründen nicht locker: "Wenn Sie vielleicht einen Schluck zu trinken für mich hätten. Ich bezahle selbstverständlich dafür." Sie öffnete das Täschchen und zückte zur Verdeutlichung dieser Worte ihre niedliche Geldbörse aus feinem Leder.

Der Anblick des Portemonnaies schien die trägen Gehirnzellen des Kolosses langsam anzuregen. Er wischte sich die Hände an der verdreckten Hose ab und tat mit ausgestreckter Rechten einen schwankenden Schritt auf Hauptkommissarin Eichhorn zu. Ihren Ekel unterdrückend, ergriff sie kurz die klebrige schweißige Pranke, bevor er ihre kleine Lederbörse erwischen konnte. Er schüttelte und drückte ihre Hand ausgiebig, rülpste und bat die angebliche Touristin dann ins Haus.

Die kaputten, teilweise mit Holz vernagelten, Fenster verhinderten das Eindringen des Sonnenlichtes. Und erst als sich ihre Augen auf die trübe Düsternis umgestellt hatten, konnte Lina Einzelheiten wahrnehmen. Kaum zu unterdrückende Übelkeit stieg in ihr hoch, denn der Geruch war wirklich penetrant.

Über schmutzigem Geschirr und halbleeren Flaschen kreisten summend dicke Fliegen. Sie schlug mit ihrem Hut, den sie inzwischen in der Hand trug, nach einigen lästigen Exemplaren, die beabsichtigten, sich zur Abwechslung auf ihrem duftenden Körper niederzulassen.

Der Kerl schlängelte sich mit schlafwandlerischer Sicherheit durch den Unrat hindurch zu einer alten Eichentür, die bestimmt einst bessere Tage gesehen hatte. Er drehte umständlich den Schlüssel im Schloss herum und öffnete die schwere Tür, die leidvoll in den Angeln quietschte.

Für einige Sekunden stand er wie andächtig im Türrahmen und versperrte mit seiner massigen
65

Gestalt jeden Blick in das angrenzende Zimmer. Dann wankte er hinein. Hier und dort mühevoll Halt suchend, zog er ungelenk die schweren dunklen Samtvorhänge auf.

Hauptkommissarin Eichhorn stand auf der Schwelle zu einem altertümlich aber geschmackvoll und nicht gerade billig eingerichteten Wohnzimmer. Das grelle Licht, welches völlig unerwartet, wie erschreckt, durch die großen ungeputzten Fenster drang, blendete sie für einen Moment. Der Raum roch muffig. Staub wirbelte durch die Luft. Ihr fiel plötzlich ein, dass sie sich als Kind immer vorgestellt hatte, solche winzigen lustig und frei im Sonnenschein tanzenden Staubteilchen wären die Seelen von verstorbenen Menschen.

"Sett Se sich do hen", deutete ihr der Mann und zog sie ein wenig in die angegebene Richtung. Dann verschwand er und ließ die Tür hinter sich krachend in Schloss fallen.

Sie war allein in dem seltsamen Zimmer, das keineswegs so bedrückend wirkte, wie das übrige Haus aber dennoch eine eigenartige Atmosphäre atmete. Ein großer staubiger Kachelofen nahm fast eine ganze Wand ein. Sonst gab es noch zwei Schränke, einer davon stellte eine Art Büffet dar.

In der Mitte des Raumes, dort, wo sie jetzt saß, stand auf einem echten Perserteppich eine Polstergarnitur im Stil der sechziger Jahre, die aussah wie nie benutzt.

Linas Blick wanderte erneut zum Kaminsimms. Sauber aufgereiht lehnten da mehrere Fotos in vergoldeten Rahmen, rechts und links daneben befand sich je eine Kerze in einem kitschigen Leuchter. Sie musste die Bilder unbedingt aus der Nähe betrachten, deshalb ließ sie alle Vorsicht beiseite und humpelte, so schnell es ihre geplagten Füße zuließen, zum Kamin.

Eines der Bilder war offensichtlich das Hochzeitsfoto des Hausbesitzers. Um noch irgendeine entfernte Ähnlichkeit zwischen dem schmucken stattlichen Bräutigam und dem heruntergekommenen Subjekt, das sie eben kennen gelernt hatte, festzustellen, musste sich die Hauptkommissarin wirklich sehr anstrengen.

Die Braut wirkte hübsch und glücklich, wie alle Bräute auf derartigen Fotos. Sie schien sehr jung gewesen zu sein. Das zweite Bild zeigte ein älteres Ehepaar, sauber herausgeputzt aber verhärmt von der Mühsal des Lebens. Kein Lächeln lag auf den Gesichtern dieser beiden schwarzgekleideten alten Menschen. Vielleicht waren es seine Eltern.

Daneben ein fröhliches Bild mit einer ländlichen Stimmung. Eine junge Bäuerin wendete Heu mit einer großen Forke. Es war die schöne kindliche Braut, inzwischen zur Frau gereift. Auf einem weiteren Foto hielt sie voll Stolz ein wonnigliches Baby im Arm. Der letzte Rahmen schützte das Abbild eines zarten verträumten jungen Mädchens mit lockigem dunkelbraunem Haar. Wie Frau Eichhorn unschwer erkannte, handelte es sich hierbei um eine Aufnahme aus jüngerer Zeit, die das Mordopfer zeigte.

Im Gegensatz zu der übrigen Wohnung waren Kaminsims, Bildergalerie und die verschnörkelten Leuchter sehr sauber geputzt. Handelte es sich hierbei vielleicht um eine Art Altar der kostbaren Erinnerungen des Grobians? Möglicherweise tat sie dem Mann unrecht, wenn sie nur sein jetziges äußeres Erscheinungsbild betrachtete. Sicherlich, er war vom unkontrollierten Alkoholgenuss gezeichnet und schien völlig aus der Bahn geworfen zu sein. Aber wie war es dazu gekommen?

Und wo schlummerten die tiefen sentimentalen Empfindungen, die ihn in dem verwahrlosten

Umfeld dieses intime Plätzchen regelmäßig pflegen ließen?

Die Tür wurde geöffnet und Frau Eichhorn trat erschreckt einen Schritt von dem Kamin zurück. Sie hoffte nur, dass der Mann nicht aggressiv auf ihre unverschämte Neugierde reagieren würde. Er war aber anscheinend zu betrunken, um noch irgendetwas zu bemerken. In der Hand ein randvolles Glas mit einer gelblichen Flüssigkeit, das bei jedem seiner wankenden Schritte gefährlich überschwappte, torkelte er zum Couchtisch, wo er sich seiner Last entledigte. Ächzend ließ er sich anschließend in einen der Sessel fallen.

"Eine sehr hübsche Familie haben Sie", säuselte die Hauptkommissarin mutig. Währenddessen überlegte sie, wie sie dem Genuss dieses undefinierbaren Erfrischungsgetränkes möglichst unauffällig entgehen könnte.

"Hm", brummelte der betrunkene Bauer abweisend.

Sie dachte daran, auf welche Weise sie sich Zutritt ins Haus verschafft hatte und zog abermals das kleine aber äußerst wirksame Portemonnaie aus der Handtasche. Bedächtig kramte sie nach einem Zwanzigmarkschein und rieb ihn wie gedankenverloren zwischen dem rechten Daumen und Zeigefinger. Dabei zerbrach sie sich den Kopf, wie sie ihrem Boss diese zusätzlichen Spesen ohne ordentliche Abrechnung glaubhaft unterjubeln könnte.

"Es ist ein großes Glück eine Familie zu haben, nicht wahr?", bohrte sie erbarmungslos weiter. Sie schritt zum Tisch, legte demonstrativ den Zwanziger neben das schmuddelige Glas mit dem abstoßenden Inhalt. Noch bevor sie gezwungen war, an dem Gesöff zu nippen, kam ein krampfartiges Schluchzen über den verwahrlosten Alkoholiker.

Sie nutzte den unbeobachteten Augenblick und kippte das Getränk einfach auf den edlen Teppich. Darauf kam es hier auch nicht mehr an, beruhigte sie ihr aufkeimendes schlechtes Gewissen.

"De sin all dohin, futsch, weg, doot ...", heulte er wie ein Schlosshund. Frau Eichhorn bedauerte den Elendsberg zutiefst, der inmitten der Trümmer seines einstigen ansehnlichen Besitzes vor ihr hockte und in Selbstmitleid zerfloss. Aber sie konnte nichts für ihn tun, außer vielleicht die Behörden auf seine Hilflosigkeit hinzuweisen.

Da eine brauchbare Aussage jedoch in seinem jetzigen Zustand unmöglich von ihm zu erwarten war, verließ die Kriminalbeamtin unbemerkt das Haus. Der betrunkene Besitzer blieb darin jammernd und einsam wie gewöhnlich zurück. Vermutlich erinnerte er sich schon einige Minuten später überhaupt nicht mehr daran, dass er Besuch gehabt hatte und wunderte sich nur über den Geldschein auf dem Tisch.

Familienrat

Ganz ohne ihre liebe Familie saß Hauptkommissarin Eichhorn am gedeckten Abendbrottisch. Ihr Vater war zu einem kleinen Spaziergang mit Wanda und Frau Feldmann aufgebrochen, von dem er jeden Moment zurückkehren musste. Tochter Carina trieb sich wer weiß wo herum. Jedenfalls war sie nicht im Garten gewesen, als Lina mit wundgescheuerten Füßen nach Hause kam. Vielleicht hatte sie ja doch endlich den Weg zum Strand gewagt.

Es war sehr ruhig im Haus, ungewöhnlich ruhig. Lina hatte nach ihrem anstrengenden Besuch erst einmal gründlich geduscht und saß dort im Bademantel mit nassem Haar und nackten Füßen. Sie verspürte überhaupt keinen Appetit. Noch immer schnürte ihr der Ekel den Hals zu. Seufzend lehnte sie sich in ihren Stuhl zurück, legte die Beine auf einen anderen und verschränkte die Hände hinter dem Kopf. Die ganze Mordgeschichte gab ihr jede Menge Rätsel auf. Sie hoffte sehr, dass Big Boss und Carina inzwischen irgendetwas Nützliches herausgefunden hatten.

Leicht fröstelnd zog sie sich einen fliederfarbenen Hausanzug aus wuscheligem Nickistoff über und föhnte ihre Frisur in Form. Durch das Geräusch des Föns nahm sie nicht wahr, dass Carina zurückkehrte. Die bohrte der nichts ahnenden Mutter ihren Zeigefinger in den Rücken und befahl mit dunkler verstellter Stimme: "Lassen Sie die Waffe fallen und legen sich flach auf den Boden!"

Erschrocken fuhr die Hauptkommissarin zusammen. Dann lachte sie jedoch und schimpfte: "Musst du deine alte Mutter immer so erschrecken. Ich komme langsam in die Jahre, wo ich etwas mehr Rücksichtnahme von dir erwarten könnte."

"Ja, ja, Mamsch, was gibt es zum Abendbrot? Ich hab Schmacht", war die ungeduldige Antwort.

"Du weißt, ich mag es nicht, wenn du mich Mamsch nennst. Das hört sich an wie Matsch", nörgelte Lina beleidigt und stellte endlich den Fön ab.

Carina hörte gar nicht hin, sondern saß schon am Esstisch und testete sämtliche Sachen erst mal mit den Fingern.

"Wo ist eigentlich der kultige Käse von gestern? Hat Big Boss den schon wieder allein verspachtelt? Ich dachte, er bekäme genug Leckereien von der alten Hexe. Und wo steckt er eigentlich jetzt?"

Frau Eichhorn setzte sich zu ihrer Tochter, verpasste ihr einen freundschaftlichen Klaps auf die Finger, mit denen sie gerade den Quark durchrührte und meinte lächelnd: "Dein Opa ist schon sehr lange erwachsen. Und die Freiheit, die du für dich beanspruchst, wollen wir ihm doch auch zugestehen, oder?"

"Meinst du, der ist vielleicht verknallt?", fragte Carina mit leuchtenden Augen und schob sich gleich darauf ein dickbelegtes Käsebrot in den offenen Mund.

"Wer ist verknallt?", hörten sie Big Boss von der Tür her fragen.

Carina legte sofort beschwörend ihren klebrigen Zeigefinger auf die Lippen. Lina nickte und rief ihrem Vater erfreut zu: "Ach, da bist du ja endlich. Ich hoffe, du hattest einen schönen Tag. Das

Wetter war ja herrlich. Wir sitzen schon beim Abendbrot. Carina konnte nicht länger warten."

"Ich wasche mir nur eben die Hände. Wanda — ihr wisst schon!" Er schien bestens gelaunt zu sein und verschwand im Bad.

Lina sah ihre Tochter verschmitzt an und flüsterte schnell: "In wen meinst du, Hund oder Herrin?"

Die Frauen lachten herzlich, als der alte Herr mit hochrotem Gesicht an den Tisch trat.

"Was habt ihr beiden Hübschen zu guffeln? - Ist noch was von dem leckeren Käse von gestern übrig?"

Carina prustete so heraus, dass sie Mühe hatte, die Brocken im Mund zu behalten. Dann musste sie furchtbar husten. Big Boss klopfte ihr väterlich auf den Rücken, schüttelte verständnislos den Kopf und blickte Lina fragend an.

"Ich glaube, ihr hattet heute beide zu viel Sonne. Du hast einen Sonnenbrand im Gesicht und Carina hat einen Sonnenstich", frotzelte er.

Dann setzte er sich zu ihnen und schmierte sich genüsslich ein Brot. Er brummte dabei vor sich hin, dass er hier gemästet würde und seine Hose schon spanne. Dadurch ließ er sich offensichtlich aber nicht den Appetit verderben. Nur Lina konnte keinen Bissen herunterbekommen. Sie war ausschließlich in der Lage zu essen, wenn sie richtig abgeschaltet hatte. Im Moment beschäftigte sie ihre Arbeit gedanklich noch zu sehr. Der Vater kannte sie genau und bemerkte deshalb mit einem Seitenblick: "Na, Eichhörnchen, bist du inzwischen weitergekommen mit unserem Mordfall?"

"Nicht direkt. Ich habe den Vater des Mädchens kennen gelernt. Er ist Alkoholiker im fortgeschrittenen Stadium. Wahrscheinlich geht der Tod seiner Tochter über seine Kräfte. Er wird viel Hilfe brauchen, um auf die Beine zu kommen." Lina sprach wie zu sich selbst.

"Könnte er vielleicht der Mörder sein?", fragte Carina. "Schließlich haben nicht alle Mädchen einen so netten Vater wie ich, der total großzügig ist und einen tun lässt, was man möchte …"

Der Opa zog die Augenbrauen ärgerlich zusammen und vollendete ihren Satz in seinem Sinne:

"… und nie da war, wenn er zur Erziehung gebraucht wurde!"

Lina schaute ihn ernst an: "Kannst du nicht akzeptieren, dass es meine eigene Entscheidung war, Carina allein großzuziehen? Es gibt wesentlich schlechtere Väter als Ricardo. Er liebt uns sehr, und es ist immer Verlass auf ihn."

"Ja, ja, Geld schicken aus der Schweiz, das kann er. Das ist ja auch äußerst bequem für ihn. Aber wo bleibt die tägliche Zuwendung, die so ein Kind braucht — und eine Frau schließlich auch. Das musst du doch zugeben!"

"Bitte streitet euch nicht wieder wegen der alten Geschichte! Ich entbehre im Moment wirklich nichts - außer vielleicht den leckeren Käse von gestern", fiel Carina ihnen ins Wort.

Vater und Tochter grinsten schuldbewusst. Dann wechselten sie brav das Thema.

"Flora hat bis jetzt noch kein Wort über das Mädchen verlauten lassen. Allerdings erzählte sie ausführlich von ihren Kräutern. Sie zeigte mir auf unserem Spaziergang viele interessante Pflanzen, an denen ich bestimmt achtlos vorbeigegangen wäre, weil sie vollkommen unscheinbar aussahen. Vielleicht weiht sie mich noch genauer in diese Geheimnisse ein. Sie scheint absolutes Vertrauen zu mir zu haben", berichtete der ehemalige Kriminalbeamte stolz.

Seine Enkelin zog die Augenbrauen hoch und wandte sich mit einem vielsagenden Blick an ihre Mutter: "Hörst du, er nennt sie schon beim Vornamen. Auf seine alten Tage wird Big Boss sich doch nicht etwa von einer Frau einfangen lassen?"

"Quatsch' kein dummes Zeug, Mädchen! Es geschieht alles nur im Interesse dieses Mordfalles. Schließlich muss deine Mutter sehr bald brauchbare Ergebnisse vorweisen. Was glaubst du, wird ihr Chef sagen, wenn sie ihm die Spesen ohne den Mörder präsentiert?"

"Der Fall wird nicht eintreten!", sagte die Hauptkommissarin voller Überzeugung. Sie betrachtete ihre Tochter nachdenklich und fuhr dann fort: "Meinst du, dass aus den Jugendlichen hier etwas herauszuholen ist?"

"Ich habe in einer Stunde mein erstes Date. Da wird sich zeigen, ob sie ebenso vertrauensselig sind wie Flora Feldmann", antwortete Carina triumphierend.

"So, du hast eine Verabredung? Sei aber bitte äußerst vorsichtig. Brauchst du den Wagen? Auf jeden Fall solltest du das Handy mitnehmen." Frau Eichhorn wirkte jetzt ziemlich nervös. Man sah ihr die Angst um ihre Tochter förmlich an.

Auch ihrem Vater gefiel die ganze Sache nicht besonders. Und so gab es erst einmal eine längere Debatte über das Thema, aus der Carina aber — wie gewöhnlich — als absolute Siegerin hervorging.

Ein abendliches Date

Wan war sehr pünktlich und überaus begeistert, dass Carina den Wagen zur Verfügung hatte. Er bat darum, sich alles in Ruhe ansehen zu dürfen, setzte sich kurz auf den Fahrersitz, strich bewundernd über das Edelholz-Armaturenbrett und betätigte wahllos einige Schalter. Als er schließlich die Hupe laut aufjaulen ließ, wurde es Carina doch zu bunt. Sie verwies ihn auf den Beifahrersitz und startete professionell durch.

"Wollen wir die anderen überhaupt noch treffen oder lieber gleich los düsen?", fragte Wan mit einem verschmitzten Seitenblick.

"Klar, ich muss doch unbedingt deine Freunde kennen lernen!" Carina hatte nicht die Absicht, in diesem frühen Stadium ihrer Bekanntschaft, eine Tour mit Wan allein zu unternehmen. Außerdem sollte sie ja die Dorfjugend für ihre Mutter genauer unter die Lupe nehmen.

In kurzer Zeit erreichten sie den Dorfplatz mit der ehemaligen Schule, die in ihrer alten Funktion den Rationalisierungsmaßnahmen bereits vor Jahren weichen musste. Inzwischen diente das ehrwürdige Gebäude nur noch als Treffpunkt für die Jugendlichen, den Boßelverein und die Frauengruppe des kleinen Ortes. Gelegentlich fanden größere Familienfeiern darin statt oder, in Ermangelung einer Dorfkirche, auch sonntägliche Gottesdienste.

"Hi, Wan! Du hast dich aber schnell getröstet!" Es war ein rothaariges ziemlich pickliges dürres Mädchen mit Brille, das als erste zum Auto gelaufen kam. Sie musterte Carina mit äußerst kritischem Blick. Ihr folgten gemächlich schlendernd, die Hände in den Hosentaschen vergraben, drei recht verschieden aussehende Jungen. Einer war dunkelhaarig mittelgroß und dicklich, ein weiterer genau das Gegenteil von ihm, nämlich weißblond lang aufgeschossen und geradezu hager. Er hatte eine Zigarette lässig im Mundwinkel kleben. Der dritte, mit fast kahl geschorenem Schädel, wirkte sehr muskulös und trug eine Art Tarnanzug. Ein kleiner goldener Ring zierte sein rechtes Ohrläppchen.

Carina stellte für sich fest, dass sie den hübschesten Jungen des Dorfes offenbar bereits kannte.

"Wer ist denn die Schnitte? Die kommt doch nicht etwa aus Oldenburg?", wollte der Getarnte nach einem lässigen Blick auf das Autokennzeichen wissen.

Wan stieg aus, ging auf die Gruppe der Jungen zu, ohne das Mädchen zu beachten, und begrüßte alle mit lautem Hallo und Handschlag. Dann steckten sie die Köpfe zusammen. Offensichtlich erklärte Wan ihnen, woher er Carina kannte.

Sie stieg schleunigst aus, um etwas von dem Gespräch mitzubekommen.

"Hallo, ich bin Maike." Das Mädchen trat ihr selbstsicher in den Weg und streckte freundlich die Hand aus. Carina stellte sich ebenfalls vor. Dann gingen sie gemeinsam zu der Jungengruppe hinüber. Die hatten Wan zwischen sich genommen und kamen brüderlich vereint auf die Mädchen zu. Der Dickliche pfiff vor Entzücken auf den Fingern. Carina wusste nicht, ob er sie meinte oder ihren Wagen.

Diese Frage stellte sie sich aber bald nicht mehr. Ohne Carina eines Blickes zu würdigen, nahmen die männlichen Vertreter der Dorfjugend erst einmal das Auto genau unter die Lupe. Der Schlaksige trat prüfend gegen die dicken Reifen mit dem starken Profil. Nachdem sie alles von außen genau betrachtet und gegenseitig mit ihren profunden Kenntnissen von Geländewagen ausgiebig geprahlt hatten, riss Wan die Fahrertür auf und setzte sich hinter das Steuer. Auch die edlen Armaturen wurden nun auf Herz und Nieren geprüft. Der Vietnamese ließ jedoch keinen Zweifel daran aufkommen, dass er hier der Platzhirsch war. Niemand von den anderen durfte etwas anfassen.

Carina stand kopfschüttelnd neben Maike und sah sich das übertriebene Gehabe der Jungen an. Irgendwie konnte sie deren Aufregung nicht begreifen. Es war ja schließlich kein Rolls Royce, den sie fuhr, sondern ein verhältnismäßig preiswerter Japaner.

"Männer und Autos!", sagte Maike leise aufstöhnend. Dann stemmte die zierliche Person beide Arme in die Seiten und schritt als überaus energischer Henkeltopf auf die fachsimpelnde Gruppe zu.

"Jetzt kommt aber langsam wieder auf den Teppich! Ich hab' keine Lust mir hier den ganzen Abend die Beine in den Bauch zu stehen. Wenn wir schon mal ein Auto zur Verfügung haben, sollten wir es auch benutzen."

Die Jugendlichen murrten ein wenig, stiegen aber gehorsam ein. Wan rutschte auf den Beifahrersitz. Carina klemmte sich hinter das Steuer.

"Kannste überhaupt fahrn, Lütje?", fragte Claas, der lange Blonde, neckend.

"Wenn du schön die Klappe hältst — bestimmt!", konterte Carina.

Wan erklärte ihr den Weg zur Diskothek nach Norddeich, das sollte die erste Station werden.

Unterwegs frotzelten die Jungen im Heck über ihren vorsichtigen Fahrstil. Die resolute Maike sorgte aber schnell wieder für Ruhe, indem sie Jan und Claas, die neben ihr saßen, je einen Rippenstoß verpasste. Dem Muskelprotz, der Werner hieß, bot Carina an, zu Fuß zu gehen, wenn ihm ihre Fahrweise nicht zusage. Das wirkte nachhaltig.

Die Disko war hoffnungslos überfüllt. Neben den einheimischen Stammgästen hotteten auch etliche Touristen hier ab. Das Gebäude war in desolatem Zustand. Gewiss wurden die modernen Sicherheitsvorschriften um mehrere Grade unterschritten. Aber Maike meinte erklärend mit lauter Stimme, damit Carina sie überhaupt verstehen konnte: "Dieser Laden hier ist absolut

Kult in der gesamten Gegend. Die Behörden wollten den schon einige Male schließen, kamen aber bisher nicht damit durch. Wir haben bestimmt schon zehnmal groß Abschied gefeiert, und du siehst ja — 'Motte' steht noch immer!"

Die sechs Jugendlichen versuchten sich genügend Bewegungsfreiheit zu verschaffen um wenigstens einige zaghafte Schwingungen zu den heißen Rhythmen hinzubekommen. Ständig wurde Carina entweder versehentlich oder auch mutwillig von anderen Tanzenden angestoßen. Sie hätte sich nicht träumen lassen, dass eine Diskothek auf dem Lande so gut besucht sein würde.

Das Publikum war sehr gemischt und viel legerer gekleidet, als sie es von Oldenburg gewöhnt war. Die Musik stellte ebenfalls einen eher fröhlichen Mix dar. Nach und nach wurde Carina bewusst, dass hier einfach die pralle Urlaubsstimmung herrschte, und sie ließ sich gerne darauf ein. Wan tanzte hervorragend. Er bewegte sich wie ein Schlangenmensch und schien nicht müde zu werden. Die ganze Zeit blieb er in Carinas Nähe, während die anderen im Gedränge der ausgelassenen Massen verschwanden.

Irgendwann wurde sie von hinten geschubst. Sie wollte schon ärgerlich ihre Ellenbogen einsetzen, als Maike ihr freundschaftlich den Arm um die Schulter legte.

"Kommste kurz mit raus an die frische Luft?", schrie sie ihr ins Ohr. Carina nickte und schlängelte sich mit ihr durch die Menge zum Ausgang. Das laute Dröhnen der Bässe vibrierte nachhaltig in ihrem Kopf.

Draußen war die Luft frisch wie Pfefferminz. Am Himmel sah man noch den letzten Rest des Abendrotes verblassen. Einige Pärchen standen knutschend im Halbdunkel oder rekelten sich sogar auf dem warmen Boden. In größerer Entfernung torkelte laut und falsch singend ein Betrunkener auf der Suche nach seinem Bett. Maike zündete sich eine Zigarette an und hakte sich bei Carina unter.

"Willste auch eine?", hielt sie ihr die Schachtel hin. Als Carina verneinend den Kopf schüttelte, erklärte sie: "Weißte, ich find es nämlich voll blöd, da drinnen auf der Tanzfläche zu paffen. Mir hat schon mal einer meinen neuen Seidenschal verbrannt — echt Kacke!" Sie nahm einen tiefen Zug bis in die hinterste Ecke ihrer Lungen und pustete dann kleine Kringel in die Luft.

Carina lachte bewundernd. Da sie für diesen kurzen Moment von den Jungen ungestört waren, fragte sie das Mädchen: "Kennst du Wan schon sehr lange?" Maike nickte nur und kratzte sich mit dem langen Nagel ihres rechten kleinen Fingers an der Nase.

"Was hast du vorhin damit gemeint, dass er sich schnell getröstet hätte?", wollte Carina von ihr wissen.

"Du bist ganz schön in Wan verknallt, stimmt's?", kam die Gegenfrage.

Carina zuckte verlegen die Achseln.

"Na, gib's schon zu! Von dem sind doch alle Mädchen gleich hin und weg." Maike sah sie einen kurzen Moment durchdringend an, dann lachte sie jedoch fast schadenfroh.

"Ich bin nicht so leicht zu haben! Hatte Wan schon viele Freundinnen?", konterte Carina.

"Weiß ich nicht genau", antwortete die andere ausweichend.

"Aber wieso soll er sich dann mit mir getröstet haben?", stichelte sie weiter.

"Du kannst einem aber ganz schön auf die Nerven gehn, mit deiner ewigen Fragerei. - Ja, er war mit einer aus dem Dorf liiert. Traurige Geschichte, will jetzt nicht drüber reden, das verdirbt uns sonst die gute Laune", brummte Maike und drückte ihre Zigarette an einem Baumstamm aus.

"He, Maike, warum hast du mir Carina entführt? Ich habe euch überall gesucht", protestierte Wan schon von weitem, als er die beiden Mädchen erblickte. Hinter ihm erschienen kurz darauf auch die übrigen Jungen.

"Lasst uns doch noch wo anders hinfahrn, hier ist die Musik heute so ätzend", quengelte Werner. Sie standen alle etwas unschlüssig herum, dann einigten sie sich jedoch und Carina steuerte nach Wans Anweisung die nächste Diskothek an.

Sie waren fast eine halbe Stunde lang unterwegs. Carina kannte sich in der Dunkelheit auf den unbekannten schlechten Straßen nicht mehr aus und hatte bald völlig die Orientierung verloren. Es war kein angenehmes Fahren für sie. Aber glücklicherweise verhielten sich ihre Beifahrer jetzt ziemlich zivilisiert. Maike knutschte intensiv mit Claas. Jan versuchte unter Einsatz seines Feuerzeuges über den Rückspiegel mit Carina zu flirten. Werner popelte weltvergessen und schon reichlich alkoholisiert in der Nase. Nur Wan war völlig auf die Fahrstrecke konzentriert und kam sich offensichtlich sehr wichtig vor.

"Dort musst du abbiegen. Siehst du die Einfahrt zum Parkplatz?"

Carina war froh, endlich da zu sein. Sie steuerte den ungepflasterten riesigen holperigen Parkplatz der Diskothek an. Sie lag mitten in einem Gewerbegebiet. Weit und breit befanden sich keine Wohnhäuser. Die jungen Leute schlängelten sich entlang der geparkten Blechkarossen zum Eingang des imposanten alten Bauernhofes, der von innen total umgebaut war. Security beäugte sie fachmännisch an der Tür. Sie wurden anstandslos hineingelassen und bezahlten den Eintritt.

Auch hier war es brechend voll. Direkt über den Köpfen der Tanzenden bewegte sich glitzernd eine überdimensionale Reflektorscheibe in der Form eines Vielecks. Carina hatte das unangenehme Gefühl, dieses in allen Farben des Spektrums schillernde Monstrum stürze im nächsten Augenblick auf die schwitzende Menge herab.

Wan zog los um Getränke zu besorgen. Für eine kleine Ewigkeit fühlte sie sich irgendwie verloren in dem lauten Gewühl der rhythmisch zuckenden

Leiber. Absolute Anonymität und doch eine körperliche Nähe, die sie unter anderen Umständen als höchst lästig empfunden hätte, vermengten sich an diesem Ort ganz selbstverständlich miteinander.

Carina hielt Ausschau nach den anderen Jugendlichen, mit denen sie hierher gefahren war. Sie blieben trotz aller Anstrengung verschwunden — verschluckt vom Moloch der gesichtslos hottenden Masse.

"Hier, deine Cola!" Wan drückte ihr das hohe kühle Glas einfach in die Hand. Plätze zum Sitzen, neben der Tanzfläche oder auf der Empore oberhalb, waren leider nicht mehr frei.

"Oh, vielen Dank. Das ist es, was ich jetzt brauche." Carina leerte das halbe Glas in einem Zug.

"Gefällt es dir hier? Die Disko hat vor ein paar Wochen wieder neu eröffnet. Es ist seitdem ne Menge los hier. Die machen auch Single-Abende und so'n Zeug", schrie Wan, um die grelle Musik zu übertönen. Carina fand es nicht besonders unterhaltsam sich ständig gegenseitig anzuschreien, deshalb nickte sie nur, ließ den Rest aus ihrem Glas genüsslich die Kehle hinunter gluckern und begann wieder zu tanzen. Wan kam auf sie zu und legte beide Hände leicht an ihre

Hüften. Gemeinsam wiegten sie sich nun ekstatisch zu dem abgefahrenen Sound.

Carina sog den männlichen Duft seines Körpers tief in sich hinein und konnte ihre Blicke nicht von seiner geschmeidigen Gestalt lassen. Er sah ihr unentwegt tief in die Augen. Ihr wurde ganz schwindlig vor soviel intimer Nähe. Die objektive Wahrnehmung war durch den zwingenden Rhythmus, die monotonen schüttelnden Bewegungen, das flimmernde Licht und nicht zuletzt durch die intensiven Gefühle, die sie Wan entgegenbrachte, stark gestört.

"Komm mit!" Carina konnte nur von seinen Lippen ablesen. Er schien sanft zu flüstern. An seiner Hand verließ sie bereitwillig die laute Diskothek und lag draußen plötzlich wie selbstverständlich in seinen Armen. Etwas abseits des Gebäudes umhüllte sie zarte Dunkelheit so weich wie Watte. Sie spürte viele zärtliche Küsse auf ihrer Haut und bot ihm willig die leicht geöffneten Lippen dar. Leidenschaftlich begegneten sich ihre Zungen, während sich die jungen heißen Körper sehnsuchtsvoll aneinander schmiegten. Seine Hände streichelten sie sanft. Mit der Präsenz eines vielarmigen Polypen, berührte er sie scheinbar überall gleichzeitig.

Innerlich bis zum Zerreißen angespannt und voll Begierde krallte sie sich in seine nackten Schultern. Sehr vorsichtig schob er ihr knappes Top hoch. Dann sank er in die Knie und küsste ihren entblößten Bauch. Sie zitterte am ganzen Körper, griff Halt suchend in sein dichtes schönes Haar und dachte, dass ihre weichen Knie den willenlosen Leib nicht eine Sekunde länger tragen könnten.

Er hielt sie mit starken Armen umklammert, während seine Lippen sich weiter vortasteten bis zu ihrem Busen. Der Verschluss ihres BHs sprang durch eine einzige geschickte Berührung seiner Finger auf. Ohne Hast legte er ihre zarten festen Brüste frei und begann sie leidenschaftlich zu küssen. Carina spürte, wie das Blut pulsierend in ihren Unterleib schoss. In ihrem sonst so regen Gehirn fand nur noch der eine primitive Gedanke Platz, der schon Adam und Eva zusammengeführt hatte.

"Ich will dich!", flüsterten und raunten ihr wildes Blut, ihr sehnendes Fleisch und ihr verwirrter Verstand um die Wette. Nur ihr Mund schwieg, hilflos und stumm. Wan verstand sie auch ohne Worte. Er zog sie sanft mit sich fort zu dem Platz, an dem sie das Auto abgestellt hatten. Er nahm die kleine Schultertasche, griff nach dem Autoschlüssel mit der modernen Fernbedienung und entriegelte durch einen leichten Knopfdruck die Wagentüren. Carina nahm alles nur wie in Trance wahr. Er schob sie auf den Rücksitz des Wagens. Dann endlich waren sein Mund und seine Hände wieder bei ihr. Es kam ihr vor, als habe sie ihn eine Ewigkeit entbehrt. Beide entblößten gleichzeitig ihre Oberkörper und schmiegten sich fest aneinander. Er presste sein Gesicht an ihren Hals und ihre Schulter.

"Wie gut du duftest, und wie zart deine Haut ist!", hauchte er voller Begeisterung und sog die Luft hörbar ein. Sie tastete nach seinem muskulösen glatten Brustkorb und ließ ihre Finger sanft darüber gleiten. War das alles nur ein schöner Traum? Gestern hatte sie diesen jungen Mann noch nicht gekannt und heute lag sie halbnackt in seinen Armen. Er musste ein Zauberer sein, dass er ihre sämtlichen Prinzipien und Moralvorstellungen einfach weggewischt hatte.

Sie war körperlich zu allem bereit und wollte in diesem erregenden Augenblick an nichts anderes denken. Wild entschlossen öffnete sie den Reißverschluss ihres Minirockes und begann das knallenge lästige Kleidungsstück im begrenzten Raum des Wagens abzustreifen. Da drehte Wan sich abrupt zur Seite. Von ihr abgewandt gluckste und schüttelte er sich, wie in einem plötzlichen Lachanfall.

Carina war augenblicklich hellwach. Lachte der unverschämte Kerl etwa über sie? War das alles nur Theater gewesen? Ein blödes gemeines Spielchen, das man sich mit einer naiven Touristin erlauben konnte?

Dann erkannte sie jedoch, dass Wan von einem heftigen Weinkrampf geschüttelt wurde. Noch nie hatte sie einen Menschen so haltlos weinen sehen, geschweige denn einen Mann. Hilflose Verwirrung griff nach ihr und sie saß einen Moment lang ohne jegliche Reaktion stumm da. Bald überkam sie jedoch das Bedürfnis ihn in seinem tiefen Schmerz zu trösten.

Zaghaft tastete sie zuerst nach seiner Hand und hielt sie minutenlang zärtlich in der ihren. Anschließend nahm sie ihn in die Arme, wie ein weinendes Kind, strich ihm übers Haar und küsste seine Tränen fort. Wirklich ließ sein Schluchzen nach. Er schnaubte sich heftig die Nase und streifte sein Shirt über den nackten Oberkörper. Es herrschte verlegene Stille. Auch Carina suchte im Halbdunkel ihre Kleidungsstücke zusammen, um sie anzuziehen.

"Du bist sehr lieb, Carina." Zum ersten Mal sprach er ihren Namen aus, und ihr erschien es, als habe sie ihn nie vorher richtig vernommen. Ohne ein Wort streichelte sie nur sacht seinen Arm.

"Ich mag dich sehr und ich hoffe, du verstehst die Sache nicht falsch." Es machte ihm merklich Schwierigkeiten zu sprechen.

"Du könntest mir alles erklären", schlug Carina leise vor.

"Ich glaube, dass ich nicht darüber reden kann. - Es liegt nicht an dir. Die Zeit ist einfach noch nicht reif …" Er wandte sich von ihr ab und schlug wütend mit der geballten Faust gegen die Fensterscheibe.

"Wir können ein anderes Mal weiterreden. Jetzt kommen deine Freunde."

Carina sah aus Richtung der beleuchteten Diskothek die Silhouetten von Maike, Claas, Werner und Jan dem Wagen entgegen schwanken. Sie wirkten laut und ausgelassen.

"He, seid ihr da drin?", rief Maike und klopfte rüde gegen die Windschutzscheibe.

Carina entriegelte die hintere Tür und stieg aus. Sie war froh, dass die schlechte Beleuchtung des Parkplatzes ein genaues Erfassen der Situation unmöglich machte. Mochten die Vier ihretwegen ruhig glauben, dass sie und Wan es im Auto miteinander getrieben hätten. Das erschien ihr weniger problematisch als die Wahrheit.

Natürlich mussten sie sich nun einige Frotzeleien gefallen lassen, aber auf dem Nachhauseweg wurden die Freunde im Fond allmählich doch still. Vielleicht lag das nicht nur an der allgemeinen Müdigkeit und dem Alkoholkonsum, sondern auch an der auffälligen Einsilbigkeit des Vietnamesen, der sich scheinbar nur noch für die Fahrstrecke interessierte.

Sonntagmorgen

"Schläft das Hörnchen noch? Ist wahrscheinlich gestern sehr spät geworden, was?", fragte Herr Eichhorn und blickte seiner Tochter erwartungsvoll vom Frühstückstisch entgegen.

Lina lachte böse. Sie machte keinerlei Anstalten seine Neugierde zu befriedigen, sondern setzte sich geräuschvoll ihm gegenüber hin und griff nach einer Scheibe Brot. Brötchen gab es nicht, weil Sonntag war.

"Du kannst lieber fragen, wie früh sie heute Morgen ins Bett gekommen ist", brummte sie nach einer Weile.

"So schlimm? Sag, bist du etwa sauer auf deine Mustertochter?" Der Pensionär bearbeitete sarkastisch das Frühstücksei von glücklichen Hühnern.

"Na, was wärst du, wenn du bis vier Uhr vor Sorge kein Auge zugemacht hättest?" Mit bitterer Miene strich sie Magerquark auf ihr Brot.

"Warum soll es dir besser gehen, als es mir immer ging?", stichelte der Alte.

Sie überging die versteckte Zurechtweisung und blies zum Angriff: "Wo hast du denn überhaupt die halbe Nacht gesteckt?"

"Ach, ich habe Flora und Wanda ein wenig Gesellschaft geleistet. Sie hat mir die Karten gelegt, und anschließend haben wir noch eine Weile Musik gehört. Hast du mich etwa vermisst?" Der ehemalige Kommissar war jetzt sichtlich gut gelaunt.

"So, Karten gelegt hat sie, und Musik gehört habt ihr…", wiederholte die Tochter leicht verbittert. "Scheinbar amüsiert ihr euch alle ganz vorzüglich bei der Aufklärung dieses Gewaltverbrechens."

"Ja, was mich betrifft, allerdings! Zum ersten Mal bin ich richtig froh, pensioniert zu sein. Mich kann jedenfalls keiner für irgendwelche verschleppten Ermittlungen haftbar machen. Außerdem hat mir Flora gestern einen höchst erfreulichen Lebensabend mit vielen kleinen Überraschungen vorausgesagt." Genüsslich biss er in sein Brot und sah Lina schadenfroh an.

"Na, dann ...", meinte Hauptkommissarin Eichhorn mürrisch und köpfte schweigend das unschuldige Ei.

Nach zwei Tassen Kaffee ging es Lina allmählich besser. Ihr altbekannter Optimismus trug den Sieg davon. Voller Elan beschäftigte sie sich wieder mit dem beruflichen Auftrag.

"Hast du eigentlich Anhaltspunkte dafür gefunden, dass Flora Feldmann irgendwie in den Fall verwickelt sein könnte? Hat sie vielleicht schon über das Mädchen gesprochen?", fragte sie ihren Vater.

Der rührte erst einmal mit stoischer Ruhe in seinem Kaffee, bevor er antwortete: "Sie erwähnte, dass ihr bis vor kurzer Zeit ein junges Mädchen aus dem Dorf öfters zur Hand gegangen sei. Aber ich konnte nicht, ohne mich verdächtig zu machen, danach fragen. Allerdings ist Flora so vertrauensvoll, dass ich zuversichtlich bin, bald alles aus ihr herauszubekommen. Heute will sie mir auf einem Spaziergang irgendetwas zeigen. Ich bin schon sehr gespannt und werde dich natürlich auf dem Laufenden halten, sofern es für dich interessant wird."

"Wann willst du dich denn mal in der Dorfschänke umhören? Für mich ist das leider nicht ganz so
99

einfach. Ich habe aber vor, heute zum Gottesdienst zu gehen, da wird häufig auch viel nebenbei geklatscht." Lina begann den Tisch abzuräumen.

"Gottesdienst, hm, war ich lange nicht mehr. Ist keine schlechte Idee! Ich würde ja mitkommen, aber Flora erwartet mich schon um Zehn. Vielleicht schaffe ich das mit der Kneipe heute Abend. Wenngleich es mir etwas gegen den Strich geht, bei diesem warmen Wetter in einem verräucherten Wirtshaus mit lauter besoffenen Kerlen über das Leben als solches zu debattieren." Big Boss erhob sich für sein Alter erstaunlich behände vom Tisch und schlenderte ins Bad, um besonders gründlich seine Morgentoilette zu vervollständigen.

Lina putzte ihre Zähne am Waschbecken im Schlafzimmer und schminkte sich auch hier. Carina schlief derweilen mit der Decke über dem Kopf selig weiter. Ihre tiefen Atemzüge klangen noch immer gleichmäßig und völlig entspannt, als die Hauptkommissarin in ein hellblaues sommerliches Kostüm gekleidet die Wohnung verließ.

Auf der Hauptstraße herrschte ein verhältnismäßig reges Treiben. Aber nicht etwa, dass die

Menschen zum sonntäglichen Gottesdienst in der ehemaligen Schule eilten, sondern alle kamen ihr auf dem Weg zum Strand entgegen. Der große Schulraum hingegen war fast noch leer, als sie dort eintraf. Auf einem Tisch stand ein bunter Sommerblumenstrauß. Eine erfrischend junge und ungewöhnlich hübsche Pastorin nahm sie persönlich in Empfang und bot ihr freundlich einen der freien Plätze an. Nach und nach erschienen doch noch einige der Dorfbewohner und auch ein älteres Touristenpaar. Neben Frau Eichhorn unterhielten sich zwei Frauen auf Plattdeutsch.

"Moin, Meta. Woi geit di? Un wie hät di Wien gefalln?", fragte die ältere von beiden. Sie trug ihr graues dauergewelltes Haar in einer typischen langweiligen Lockenfrisur und roch, trotz der sonntäglichen Kleidung auffällig nach Kuhstall.

"Och, Alma, et wor heel anstrengend. Stell di vür: fifundartig Grad in Schattn un de Luft stünd still." Symbolisch wischte sich die etwa vierzigjährige Frau den Schweiß von der Stirn. Die Hände in die strammen Hüften gestemmt, wobei der Rock ihres altmodischen großblumigen Sommerkleides etwas hochrutschte, erzählte sie weiter: "Dann ok all de stinkenden Perden. Un de Straßenkehrers, de de Schiet weg kehrn mussen. - Et is jo en moje Stadt, ever de Lü, wenn se an us vorbie flanerten, de röchen ok so derb. Ne, ne, de strenge Geroch hät een nich mol in de Hotelkammer losloten ..."

Eine dritte, dicklich und mit strähnigem blonden Haar, kam hinzu. Ihre Gesichtshaut war ungesund gerötet, ob in begieriger Erwartung einer Neuigkeit, von zu viel Sonnenbestrahlung oder eventuell als Folge übermäßigen Alkoholgenusses, ließ sich nicht eindeutig bestimmen.

"Na, gib et wat Neejt van de dode Wicht int Schloot?", mischte sie sich neugierig in das Gespräch.

Die beiden anderen schüttelten nur wortkarg und scheinbar ärgerlich, weil sie in ihrer Unterhaltung gestört wurden, die Köpfe.

"Ik hev hört, det dat Balg van dem Schlitzogigen sien sull. Die ool Diekhex wird se verkuppelt han", quatschte sie einfach weiter dazwischen.

Die beiden anderen Frauen wurden jetzt hellhörig: "Wat nit saigst, Theda! Woher willst dat noher wisse?", drangen sie in ihre Nachbarin.

Zum großen Bedauern der Kriminalistin konnten die Klatschtanten ihre interessante Unterhaltung nicht fortsetzen, weil der Gottesdienst begann.

Die Pastorin sprach eindrucksvoll über die Nächstenliebe, was Lina Eichhorn sehr passend und auch notwendig erschien. Der Ablauf des Gottesdienstes selbst war ihr als Katholikin fremd. Deshalb hatte sie einiges damit zu tun, sich in dieser übersichtlichen Gruppe durchzumogeln um nicht unangenehm aufzufallen. Zum Schluss war sie heilfroh, alles ohne großen Patzer überstanden zu haben. Leider versuchten die drei Klatschweiber nun sich gegenseitig darin zu übertreffen, der Pastorin mit Schmeicheleien und Schönreden zu imponieren. Dadurch konnte die Hauptkommissarin nicht mehr erfahren, was es mit dem Baby der Toten und mit dessen angeblichem Vater auf sich hatte. Die Dorfbewohner schienen offenbar mehr zu wissen, als sie der Polizei zu erzählen bereit waren.

Lina Eichhorn kehrte in Gedanken versunken zur Ferienwohnung zurück, wo ihre Tochter inzwischen im Badezimmer herum wuselte.

"Wie war's gestern Abend, Hörnchen? Hast du dich gut amüsiert?", fragte die Mutter freundlich durch die geschlossene Tür.

"Hm, hm…", kam die genuschelte Antwort von drinnen. Carina putzte gerade ihre Zähne. Die Hauptkommissarin ging ins Schlafzimmer, um sich etwas bequemer zu kleiden. Sie hatte sich vorgenommen, möglichst unauffällig ein wenig in der Gegend herumzuschnüffeln.

Nach einer kleinen Weile stand Carina frisch gewaschen und offenbar gut gelaunt vor ihr.

"Es war ganz passabel mit den Leuten gestern. Wir haben uns für heute Nachmittag zum Schwimmen verabredet." Sie kramte schon in ihrer Hälfte des Kleiderschrankes, um die notwendigen Dinge zusammenzusuchen.

"So? Dann sind es also nicht nur Spacken? Wen hast du denn so kennen gelernt?" Die Kriminalbeamtin war genauso neugierig wie die Mutter in ihr.

"Vier Jungen und ein ganz nettes Mädchen. Wir waren tanzen. Na, die Jungen sind eigentlich schon ziemliche Spacken. Vielleicht — bis auf eine Ausnahme." Sie berichtete betont beiläufig, scheinbar ohne große emotionale Beteiligung und sah ihre Mutter dabei nicht an.

Mit dem sicheren weiblichen Instinkt, der, gerade was die eigenen Töchter angeht, selten versagt, traf Lina Eichhorns anschließende Feststellung genau ins Schwarze: "Du hast dich verliebt!"

"Verliebt? Was du immer gleich denkst. Ich habe nach der miesen Erfahrung mit Christian erst mal die Nase voll von der Männerwelt. Und was soll ich auch hier an der Nordseeküste mit einem Lover, wenn ich zum Wintersemester vielleicht nach Heidelberg gehe? Ich binde mir doch keinen solchen Klotz ans Bein!", versuchte Carina alles abzustreiten, bekräftigte den Verdacht ihrer Mutter dadurch aber nur.

"Du brauchst den Jungen doch nicht gleich zu heiraten. Was hast du plötzlich gegen einen unschuldigen kleinen Urlaubsflirt einzuwenden?", beruhigte Frau Eichhorn die aufgebrachte Tochter.

"Hm …" Carina betrachtete sehr interessiert ihre Fingernägel.

"Wie heißt er denn, der Glückliche?", fragte die Mutter und nahm sie freundschaftlich in den Arm.

"Wan", antwortete sie leise und sehr zögernd.

"Wan? Ein seltsamer Name. Ach, es ist der vietnamesische Junge von nebenan, nicht wahr?" Es gehörte nicht viel kriminalistisches Gespür dazu, diese Erkenntnis zu gewinnen.

"Ja! Wie findest du ihn?" Carina wirkte noch immer unsicher.

"Ich? Ich kenne ihn doch überhaupt nicht. Na ja, ich habe ihn ein oder zweimal kurz gesehen." Sie hielt inne, und weil ihre große kleine Tochter so enttäuscht dreinschaute, fügte sie nach kurzer Überlegung hinzu: "Eigentlich sah er ganz nett und freundlich aus. Ich glaube er hatte auch eine gute Figur."

"Nicht wahr?! Ein Bild von einem Mann, sag ich dir", flippte die Neunzehnjährige aus, wandte sich kurz darauf aber verlegen ab und packte stumm ihre Badesachen in die Strandtasche.

Kommissarin Eichhorn lächelte verständnisvoll, streichelte ihr leicht übers Haar und wechselte das Thema.

Floras Geheimnis

"Kaum zu glauben, dass wir uns fast unmittelbar am Meer befinden", murmelte Herr Eichhorn zufrieden und warf mit aller Kraft ein mittelgroßes Stöckchen für die treue Hündin Wanda voraus. Kraftvoll setzte sich das dunkle große Tier in Bewegung, streckte sich geschmeidig und schnellte, mit für diese Rasse beachtlicher Geschwindigkeit, auf den Apportier-Gegenstand zu.

Während die brave Dogge den Stock hochnahm und dann stolz auf die beiden Menschen zulief, hakte sich Flora Feldmann bei ihrem Feriengast unter. Sie sah ihn lächelnd von der Seite an und bemerkte: "Heinz, ich beobachte Sie nun schon einige Zeit. Sie scheinen das Meer nicht gerade zu lieben. Warum machen Sie ausgerechnet hier Urlaub?"

Der pensionierte Kriminalbeamte fühlte sich aus heiterem Himmel plötzlich in arger Bedrängnis. Betreten schaute er zu Boden. Dann beschäftigte er sich wortlos mit Wanda und dem Stöckchen, um die ersten Schrecksekunden geschickt zu überspielen.

"Ach, es ist wegen der Familie. Meine Tochter und die Enkelin lieben die Nordsee über alles. Da kann ich doch nicht immer so egoistisch sein und meinen Kopf durchsetzen", redete er sich heraus.

"Na, eigentlich sind die beiden Damen ja inzwischen erwachsen genug, auch mal ohne ihren alten Herrn wegzufahren." Die intelligente Flora war nicht leicht hinters Licht zu führen. Er musste sich schon ein wenig anstrengen, um jeglichen Zweifel zu beseitigen.

"Ja, das mag schon sein. Aber ich bin eben doch nicht mehr so rüstig, dass ich gern ohne Begleitung in meinen geliebten Bergen herum kraxle." Er setzte einen kleinen verlegenen Lacher obendrauf. Das überzeugte die lebenserfahrene Frau.

"Ich bedaure es eigentlich immer, dass ich mit Wanda nicht auf dem Deich oder im Watt spazieren gehen kann. Es ist seit einigen Jahren wegen der Naturschutzbestimmungen verboten. Sicherlich haben Sie die Hinweistafeln schon gesehen, die überall aufgestellt sind", plauderte sie nun gänzlich unbefangen weiter.

"Wahrscheinlich könnten freilaufende Hunde, den brütenden Vögeln im Deichvorland gefährlich werden. Das leuchtet mir schon ein", vermutete der Pensionär, beruhigt, dass Frau Feldmann keinen Verdacht mehr schöpfte.

"Ja, das ist sicher verständlich. Aber die Vögel brüten nicht zu allen Zeiten. Es geht wahrscheinlich mehr um den Schutz der Schafe, die das Deichgebiet zur Erhaltung einer gesunden Begrünung beweiden müssen. Fremde Hunde beunruhigen die Herden sehr. Außerdem führt Hundekot, wenn sie ihn mit ihrer Nahrung aufnehmen, bei den Muttertieren zu äußerst gefährlichen Euterentzündungen." Sie bückte sich um ihre Hündin wieder an die Leine zu nehmen, da es hier überall Vorschrift war. Wanda wirkte leicht beleidigt, gehorchte aber aufs Wort.

Wie sie so den Bewirtschaftungsweg Binnendeichs entlang flanierten, boten sie ein recht harmonisches Bild. Der alte Herr trug ein hellblaues sommerliches Hemd, eine beige Leinenhose und einen hellen Strohhut. Die etwas kleinere zierliche Dame schritt in einem langärmeligen Baumwollkleid mit typisch friesischem Blaufärber-Muster neben ihm her, und ihr geflochtenes Hütchen wippte fröhlich auf den silbernen Haaren. Flankiert wurden die beiden von der wohlerzogen imposanten Hündin mit ihrem in der Sonne glänzenden blauschwarzen Fell.

"Haben Sie schon eine winzige Ahnung, was ich Ihnen heute zeigen möchte?", fragte die Dame mit einem kleinen Augenzwinkern.

"Nicht direkt. Ich nehme an, es handelt sich wieder um einige seltene Wildkräuter?" Der pensionierte Kommissar gab sich betont naiv.

"Jein! Natürlich werde ich Ihnen auch gern wieder einige Kräuter zeigen, wenn es Sie nicht zu sehr ermüdet. Aber meine heutige Überraschung ist eigentlich etwas anderes — einerseits bedeutend größer und andererseits nicht so schwer zu entdecken." Sie lachte mit fröhlichen kleinen Glucksern in sich hinein.

"Schauen Sie nur, Heinz, dort können Sie es schon sehen!" Mit der ausgestreckten Hand deutete sie leicht erregt auf ein weißglänzendes Gebäude schräg vor sich etwas abseits des Deiches. Es lag inmitten der weiten Wiesen und Felder von einer Baumgruppe halb verborgen.

Herr Eichhorn war nun wieder etwas verwirrt. "Meinen Sie das weiße Haus?", fragte er unsicher.

"Haus? Das ist ein wahrhaft königliches Gehöft! Der größte Gulfhof dieser Gegend und dazu einer der wenigen, die nicht in den üblichen roten Klinkern gehalten sind", erklärte sie begeistert.

"So?" Heinz wusste noch immer nicht, was daran so interessant war, dass es eine kleine Wanderung durch die sommerliche Schwüle rechtfertigte.

"Sie verstehen nicht? Das ist unser ehemaliger Hof. Der Hof meines verstorbenen Mannes. Ich habe ihn seit zehn Jahren verpachtet und lebe jetzt in dem kleinen Haus direkt im Ort. Das macht weniger Arbeit. Außerdem bin ich seit einiger Zeit lieber in der Nähe von Menschen. Das bringt wahrscheinlich das Alter so mit sich", knüpfte sie freundlich zwinkernd an seine vorherige Ausrede an.

Sie legten die restliche Wegstrecke in einer kurzweiligen Unterhaltung über den als Ziel vor ihnen liegenden Gebäudekomplex zurück. Und ehe Herr Eichhorn sich versah, waren sie auch schon an der großen schmiedeeisernen Pforte angelangt. Sie war nicht verschlossen. Über einen mit roten Klinkern gepflasterten breiten Weg schritten sie unter mächtigen alten Bäumen zum Haus. Es mutete nun aus der Nähe betrachtet wirklich sehr herrschaftlich an, wenn man einmal von den ziemlich unpassenden bunt gestrichenen billigen Kinderspielgeräten im Vorgarten absah. Der Treppengiebel ragte hoch in den Himmel auf, und die verhältnismäßig großen zahlreichen Fensteröffnungen blinkten stolz in der Sonne. Das prunkvolle Portal wurde von zwei bemoosten steinernen Löwen bewacht.

Wanda betrachtete die Skulpturen äußerst misstrauisch, schritt dann aber hoheitsvoll an ihnen vorbei, so als sei es unter ihrer Würde, deren nähere Bekanntschaft zu machen. Sie wusste aus Erfahrung, dass dieser Eingang sie überhaupt nicht zu interessieren hatte. Und während ihre Herrin dem netten Feriengast erst haarklein erklären musste, dass sie nun durch den Garten zum Hintereingang gehen würden, steuerte das Tier mit seinem gesunden Instinkt bereits den richtigen Weg an.

"Ich habe nicht das gesamte Anwesen verpachtet. Ein kleiner Teil dient mir noch immer zur eigenen Nutzung." Flora unterstrich diese Aussage mit einer halbkreisförmigen Handbewegung. Sie schritten nun durch einen wundervoll duftenden Kräutergarten, den Herr Eichhorn höflich bewunderte.

"Ja, das macht alles natürlich sehr viel Arbeit. Ich habe glücklicherweise den Pächter als Unterstützung. Bis vor kurzem half mir auch ein liebes junges Mädchen aus der Nachbarschaft. Sie war mir ans Herz gewachsen, wie eine eigene Tochter, die ich leider niemals hatte." Die alte Frau schwieg betrübt.

"Warum hilft Sie Ihnen denn jetzt nicht mehr? Ist Sie weggezogen?", bohrte der ehemalige Kommissar plötzlich Witterung aufnehmend.

"Nein! Ich wünschte es wäre so. Sie ist leider in der Blüte ihrer Jahre verstorben." Eine Träne in ihrem Augenwinkel verbergend, nestelte sie nach dem Schlüssel zu dem großen Vorhängeschloss an der Stalltür.

"Das ist traurig. Es gibt leider so viele tückische Krankheiten, die auch sehr junge Menschen treffen können." Er fühlte mit seiner bewährten Spürnase, dass er nun keinesfalls locker lassen durfte.

Flora stieß die schmale Holztür auf, die in das große Stalltor eingelassen war und trat ein. In dem sie ganz unvermittelt umfangenden Halbdunkel stammelte sie mehr, als dass sie sprach: "Nein, sie war völlig gesund, munter, wie ein junges Reh und voller Zukunftspläne, trotz ihrer schwierigen Lebensumstände. - Vielleicht hätte ich merken müssen, wie sehr sie sich kurz vor ihrem Tod veränderte. - Bestimmt hätte ich es merken müssen! Es war ein großer Fehler."

"Was ist geschehen mit dem Mädchen, Flora?" Heinz Eichhorn ergriff ihre Hand. Sie fühlte sich kühl und zerbrechlich an.

"Sie wurde zerstückelt in mehreren Entwässerungsgräben der näheren Umgebung gefunden. Entsetzlich! - Wer weiß, was da genau geschehen ist. Ich kann es mir nicht zusammenreimen."

Frau Feldmann knipste das Licht an. Mit einem Schlag verlor die Umgebung ihre gespenstische Undeutlichkeit. Es handelte sich um einen recht großen Raum, vom eigentlichen Stallgebäude abgetrennt, der wie eine Art altmodische Vorratsküche eingerichtet war. Von der Decke hingen überall Bündel trocknender Kräuter herab. An den Wänden standen lange Regalreihen mit allerlei Gläsern und Dosen bestückt. In einer Ecke befand sich ein altertümlicher Gasherd auf dem ein blank geputzter Kupferkessel stand. Ein großer Spülstein mit einer Abflussrinne, die sich bis zu ihrem vergitterten Austritt ins Freie verfolgen ließ, befand sich an der Außenwand. In der Mitte des Raumes stand ein mächtiger roher Eichentisch, der frisch gescheuert wirkte, mit vier Stühlen. In einer Nische lehnte ein zusammengeklapptes Feldbett mit hellem Nesselbezug.

Wanda legte sich wie selbstverständlich auf einen abgewetzten Läufer, der anscheinend extra für sie dort hingelegt worden war.

"Nehmen Sie bitte Platz, Heinz. Ich koche uns einen kräftigen Kräutertee, der wird uns gut tun und die Grillen aus meinem Kopf wieder verjagen.

Schließlich wollte ich Sie nicht mit irgendwelchen Horror-Geschichten erschrecken", sagte die Gastgeberin mit fester Stimme, die keine Widerrede duldete und zündete den Herd an. Dann stellte sie den Wasserkessel über den blau züngelnden Flammenkreis und nahm auf der gegenüberliegenden Tischseite platz.

Während das Wasser im Kessel gemütlich zu singen begann, erklärte Flora Feldmann ihrem Gast, was es mit diesem Raum auf sich hatte. "Hier trockne ich meine Kräuter, Wurzeln, Beeren und Pilze, um sie später entsprechend ihrer Verwendung weiterzuverarbeiten. Es entstehen dann heilbringende Tinkturen, Salben, Tees oder Pülverchen daraus. Es gibt viele Menschen, denen ich damit schon geholfen habe. Meine Kunden kommen aus ganz Deutschland zu mir. Manchmal war ich in ihren Augen so etwas wie ihr letzter Rettungsanker. Obwohl ich immer dazu sagen muss, dass ohne Gottvertrauen auch die beste Medizin nichts hilft! Ich verstehe mich nur als *SEIN* williges Werkzeug."

Herrn Eichhorn war das alles ein bisschen zu viel Mystik. Ihm ging es mehr um die Wirkungsweise der angeblichen Naturmedikamente. "Sind die Kräuter und Pilze denn auch garantiert ohne schädliche Nebenwirkungen? Woher wollen Sie immer ganz genau wissen, ob Ihre Mittel keinem schaden? Ich stelle mir das ohne medizinische Ausbildung sehr schwierig vor."

"Oh, ich habe eine sehr anspruchsvolle Ausbildung genossen. Meine Mutter war meine ebenso strenge wie hervorragende Lehrerin. Ich stehe völlig in der Verpflichtung einer uralten Familientradition. Das ist stärker als jeder Eid des Hippokrates. Außerdem — welcher Arzt spürt es wirklich an seinen Einnahmen, wenn er ein schlechter Medizinmann ist? Ich kann mir eine solche Rufschädigung überhaupt nicht leisten. Sie wäre verheerend fürs Geschäft."

Geschäft also — das hörte sich für Heinz Eichhorn schon greifbarer an.

"Ich hätte nicht gedacht, dass an solchen Sälbchen in der heutigen Zeit noch etwas zu verdienen ist. Im Mittelalter konnten fahrende Händler gewiss noch mit Tinkturen, die erwiesenermaßen zum größten Teil aus ihrem eigenen Urin bestanden, Geschäfte machen. Die Leute sind doch inzwischen viel zu aufgeklärt, um auf dubiose Wundermittel zu vertrauen", hielt er weiter dagegen.

"Wenn Sie damit sagen wollen, dass sich heute bald jeder Dummkopf für schlauer als sein Arzt hält, mögen Sie Recht haben." Frau Feldmann stand sichtlich verstimmt auf, um den Tee zu bereiten.

Der Pensionär schaute etwas betreten stumm vor sich hin. Er hatte die freundliche Flora nicht verärgern wollen. Eine unheilvolle minutenlange Stille lastet schwer auf seinem Gemüt. Insgeheim schalt er sich einen ungeschickten Esel.

Aber als sie das dampfende Kräutergebräu in zwei hohen Steingut-Tassen servierte, lächelte die Frau ihn schon wieder gutmütig an und meinte: "Vielleicht war ich eben etwas zu barsch mit meiner Antwort. Ich habe im Grunde nicht Sie damit gemeint. Es sind mir nur im Laufe meines langen Lebens schon sehr viele besserwissende

Ignoranten begegnet. Es reicht mir einfach, mich und meine altbewährte Heilkunst dauernd auf dem Prüfstand zu sehen."

"Ich wollte Sie wirklich nicht erzürnen, meine Liebe", beteuerte der pensionierte Kriminalist. "Es ist nur so, dass ich nicht viel über diese Naturmedizin weiß und deshalb etwas verunsichert bin."

"Meine Medizin ist keineswegs weniger wirksam als die Medikamente der Schulmedizin. Natürlich kann auch ich notwendige Operationen nicht immer verhindern. Aber oftmals werden die Selbstheilungskräfte des Körpers bei gefährlichen Krankheiten so positiv angeregt, dass große Eingriffe nicht mehr erforderlich sind. Daneben stelle ich auch mehrere Mittel her, die das psychische Befinden positiv beeinflussen. Viele Menschen sehnen sich nach Liebe und Wärme in den Armen eines Partners. Das war schon zu allen Zeiten so. Aber wie oft verhindern Verkrampfungen, Verspannungen und Missverständnisse das tägliche kleine Glück zu zweit.

Ärzte nehmen sich dieser Probleme meist erst an, wenn sie wirklich das Ausmaß einer Gesundheitsstörung erreichen. Meine Liebestränke helfen frühzeitig und nachhaltig. Sie werden ausgesprochen häufig nachgefragt, sowohl von Männern als auch von Frauen." Sie sah ihn durch den Dampf ihrer Teetasse, die sie langsam zum Mund führte, vielsagend an.

Der alte Herr begegnete ihrem Blick voll Verlegenheit. Potenzprobleme im unrechten Zeitpunkt? Welcher Mann fortgeschrittenen Alters mit seiner Lebenserfahrung kannte die nicht? Ihm gingen im Zeitraffertempo einige peinliche Situationen aus der schillernden Erinnerung als Kripobeamter durch den Kopf. Hoffentlich konnte Flora nicht auch noch in seinen Gedanken lesen.

Geräuschvoll schlürfte er das heiße Getränk über die leicht gebogene Zunge, um sich nicht zu verbrühen. Dann setzte er die Tasse ab und rutschte nervös wie ein Pennäler auf dem Stuhl hin und her.

Schließlich wagte er einen erneuten Vorstoß: "Aber es gibt doch auch giftige Blumen, Beeren und Pilze. Man lernt schon in der Schule, dass zum Beispiel der Fingerhut und der Goldregen nicht abgepflückt werden sollen. Ebenso muss man sich vor dem Verzehr von Vogelbeeren und dem Knollenblätterpilz hüten ..."

Nun lachte Flora. Es war ein helles klingendes Lachen.

"Sie sind mir ja ein ganz Schlauer! Glauben Sie vielleicht in der Naturmedizin geht es nach dem Motto *Wasch mich aber mach mir den Pelz nicht nass?*' Natürlich enthalten viele Pflanzen hochwirksame Gifte. Es kommt, genau wie in der Pharmazie, auf die exakte Dosierung an. Beherrscht man die Rezepturen für die Medikamente und deren Anwendungsweisen nicht gut genug, ist der Umgang mit diesen Pflanzen sehr gefährlich."

"Halten Sie denn alles immer unter Verschluss, dass niemand Unbefugtes Zutritt dazu hat? Ein altertümliches Vorhängeschloss hält doch heutzutage keinen Dieb mehr von einem Einbruch ab", wandte der Pensionär ein.

"Hier vermutet niemand etwas Interessantes. Außerdem kann kein Uneingeweihter mit den Extrakten etwas anfangen. Das meiste mische ich erst endgültig, wenn ein entsprechender Kundenauftrag vorliegt. Frische ist eines der Geheimnisse meiner Mittel. Einen Schlüssel besitze jetzt, nach Janas Tod, nur noch ich selbst." Sie blickte ihn direkt an und fragte mit entwaffnender Herzlichkeit: "Wie schmeckt Ihnen eigentlich der Tee?"

Im Strandbad

Die einheimischen Jugendlichen hielten nicht sehr viel von ihrer Badestelle im Meer gleich vor der Haustür. Sie waren sichtlich begeistert, dass Carina wieder mit dem Wagen fahren durfte und sie mitnahm in eines der solarbeheizten Freibäder entlang der zahlreichen Kurorte an der Küste. Es gab dort eine riesige Wasserrutsche, auf deren Treppenstufen, die in schwindelerregende Höhen reichten, sich die Kids in einer langen Schlange drängelten. Wäre es die Leiter zum Himmel gewesen, hätte der Andrang nicht größer sein können.

Carina und ihre neuen Bekannten fanden kaum eine freie Stelle auf dem mit Rasen bewachsenen Liegeplatz. Nachdem sie sich halb auf den Betonplatten rund um die Schwimmbecken häuslich niedergelassen hatten, rannten die Jungen sofort los, um sich bei der Rutsche anzustellen. Maike holte in aller Ruhe ihre Sonnenmilch aus dem blaukarierten Rucksack und begann sich einzureiben.

"Ich muss meinen Bikini noch anziehen. Weißt du, wo hier die Umkleiden sind?", fragte Carina, den knappen Zweiteiler schon in der Hand.

Maike deutete mit schmierigem Zeigefinger in die Richtung der Kabinen und arbeitete dann wortlos weiter die weißliche Masse in ihre Haut ein.

Als Carina in ihrem Bikini zurückkam, lag das Mädchen mit geschlossenen Augen auf dem Rücken und ließ sich von der gnadenlos brennenden Sonne bescheinen.

Die Jungen waren inzwischen auf den oberen Stufen zur Wasserrutsche angelangt. Carina beobachtete, wie sie nacheinander in vorgeschriebenem Abstand herab glitten. Sie streckten sich ganz lang aus, um eine möglichst hohe Geschwindigkeit zu erreichen. Das Wasser auf der spiegelglatten Rutschbahn schäumte wild auf. An einigen kritischen Stellen waren die Seitenteile aus Sicherheitsgründen so weit hinaufgezogen, dass man die schlingernd herunter sausenden Leiber kaum erkennen konnte. Es sah nicht ganz ungefährlich aus. Die junge Dame verspürte wenig Lust auf dieses zweifelhafte Vergnügen, zumal sie gelegentlich unter Höhenangst litt. Beim bloßen Hinaufschauen fühlte sie schon ein unangenehmes Kribbeln unter ihren Fußsohlen.

"Sind die Machos noch nicht unten angekommen?" Maike stützte sich auf ihre Ellenbogen und blinzelte Carina gegen die Sonne an.

"Sie rutschen gerade. Scheint ihnen enorm viel Spaß zu machen. Männer sind eben wie Kinder!" Sie setzte sich auf ihre Strandmatte und begann ebenfalls mit dem Eincremen. Die Jungen erschienen erst wieder, als die beiden Mädchen bäuchlings nebeneinander lagen, um sich die Rückseite zu bräunen. Weil Maike sich ziemlich wortkarg gab, war Carina dabei tatsächlich ein wenig eingeschlafen. Erst die kalten Wassertropfen, die Wan boshaft aus seinem Haar schüttelte, weckten sie auf.

Jan, Claas und Werner packten wie auf Kommando die zarte Maike und schleppten sie zum Becken. Sie zappelte und protestierte zwar lautstark, schien aber eine Menge Spaß bei der Aktion zu haben. Es endete damit, dass alle vier ins Wasser platschten. Aber im Grunde war das erst der Anfang, denn nun blieben die Freunde für über eine Stunde verschwunden.

Carina konnte sich des Eindrucks nicht erwehren, dass Wan seine Kumpel bestochen hatte, um eine Weile mit ihr allein zu sein. Ihr Herz begann erregt zu klopfen, als sich der junge Vietnamese geschmeidig neben ihr ausstreckte, seinen Kopf in den ihr zugewandten aufgestützten Arm legte und sie unentwegt ansah.

Seine Augen erinnerten an ruhige Teiche bei Nacht, in deren dunkler Oberfläche sich blinzelnd als goldener Lichtpunkt der eitle Vollmond spiegelte. Sie war heilfroh, auf dem Boden zu liegen, denn sonst hätte leicht die Gefahr bestanden, dass sie zitternd vor Glück in sich zusammengesunken wäre.

"Du bist schön, Carina, wunderschön!", sagte er mit einem leisen singenden Tonfall, als spräche er die Worte in seiner Muttersprache.

Was sollte sie darauf antworten? Atemlos schloss sie die Lider, um ihre aufgewühlte Seele vor ihm zu verbergen. In der Schule war sie für ihre Schlagfertigkeit bekannt, aber Wan hatte sie in einer einzigen Sekunde entwaffnet.

Zärtlich berührte seine Hand ihre Wange, ihr Kinn, ihre Schulter. Als er den Träger ihres Bikinis sanft zur Seite schob und sie auf die Schulter küsste, öffnete sie verstört die Augen und setzte sich auf. Er wollte doch nicht etwa …? Hier in aller Öffentlichkeit?

"Soll ich dir nicht lieber den Rücken eincremen?", fragte sie ziemlich dümmlich und ärgerte sich schon im gleichen Moment über sich selbst.

Er lachte schallend.

"Wenn es dich glücklich macht — bitte!" Mit diesen Worten warf er sich demonstrativ auf die Brust, machte drei gekonnte Liegestütze und lag dann in stiller Erwartung da.

Carina verteilte mit zitternden eiskalten Händen Sonnenmilch auf Wans makelloser Bronzehaut. Sie ertastete die Anspannung seiner Muskulatur. Es gab kein Gramm Fett zu viel an dem wundervoll maskulinen Körper. Ein schwarzer knapper Badeslip verdeckte auch eben nur das Notwendigste. Welch ein Adonis!

"Bist du nun langsam fertig damit? Das klebt so eklig und außerdem hast du kalte Finger", protestierte er nach einer Weile und richtete sich auf. Er wandte sich ihr zu und drückte ganz spontan einen Kuss auf ihre ebenfalls kalte Nase.

"Du bist eine kleiner Eispickel oder wie sagt man auf deutsch?", lachte er.

Sie zog die Unterlippe beleidigt ein wenig schräg. "Frostbeule — meinst du wahrscheinlich. Ich weiß auch nicht genau, warum ich bei dieser Hitze so kalte Finger habe. Du kannst sie ja wärmen." Carina streckte ihm ihre Hände entgegen. Er ergriff sie, hielt sich aber nicht lange damit auf, sondern umarmte sie und kullerte mit ihr auf die Matte. Eng umschlungen lagen sie für eine ganze Weile da und küssten sich ausgiebig. Die sonnenhungrigen Menschen um sie her nahmen glücklicherweise keine besondere Notiz von ihnen. Als die Atemluft allmählich knapp zu werden begann, verharrten die beiden Verliebten für eine kleine Weile Leib an Leib geschmiegt mit sinnlich geschlossenen Augen.

"Meine Freundin Jana ist gestorben", unterbrach Wan ganz unvermittelt Carinas erwartungsvolle rosarote Liebesträume.

Sie konnte seine Worte im ersten Moment nicht einordnen. Fast erschienen sie ihr wie fremde Laute aus einer anderen Dimension. Doch dann begriff sie sehr schnell.

"Ach, deshalb warst du vergangene Nacht so von der Rolle? Ich meine natürlich, so traurig."

Er nickte stumm und blickte an ihr vorbei ins Leere.

"Es ist wohl noch nicht sehr lange her, nicht wahr? Hatte sie einen Unfall?", fragte Carina mitleidig.

"Die Polizei sprach von Mord. Es wurde im Dorf eine Menge Wirbel gemacht — Presse und so. Ich weiß, wer es getan hat!"

Zuletzt war seine Antwort in ein unverständliches Gemurmel übergangen. Jetzt schwieg der Junge, und sein Gesicht wirkte undurchdringlich und steinern: ein asiatisches Götterbild. Wie von weit, weit her hörte sie nach dem bleiernen beängstigenden Schweigen seine beinahe singende Stimme. Es schien ihr, als spräche er ein Gebet: "Wo sind sie, unsere Toten? Auf ewig hinweggerafft zum endlosen Schweigen ..."

Bewegungslos schaute er minutenlang in das unfassbare Blau des Himmels, als suche er doch noch eine letzte Spur der Verlorenen.

Dann erhob er sich ungewöhnlich steif und zog Carina mit sich fort zum Schwimmbecken.

"Jetzt brauche ich dringend eine Abkühlung", meinte er ernst und verschwand mit einem kühnen Kopfsprung von der Bildfläche.

Carina nahm lieber die Leiter, zumal sie vorher nicht kalt geduscht hatte.

Sie befand sich in einem seltsamen Gemütszustand und konnte nicht richtig scharf denken. Das Wasser perlte klar und kühl auf ihrer glänzenden Haut. Wan durchmaß mit kräftigen Schwimmzügen mehrfach das Becken unterhalb der Wasseroberfläche. Nur bei seinen kurzen Pausen zum Atemholen war er zu sehen.

Später tauchten auch die Freunde wieder bei ihm auf. Da wurde Carina bewusst, dass es mit der intimen Zweisamkeit erst einmal vorbei war. Ihr Bedauern höflich verbergend, plantschte sie mit den anderen eine Weile ausgelassen herum. Anschließend kehrten sie zu den Strandmatten zurück und ruhten sich aus.

Jan und Werner ließen einige blöde Sprüche los, die sich bis zu besonders hohlen Blondinen-Witzen steigerten. Maike gebot ihnen schließlich völlig genervt und ziemlich barsch Einhalt. Die Jungen spielten daraufhin beleidigt und maulten. Die Stimmung war verdorben.

Verletzungen

"Autsch, verdammt!" Lina Eichhorn bückte sich nach ihrem rechten Fuß, den ein schneidender Schmerz durchdrang. Humpelnd bewegte sie sich ein wenig von der Stelle, um sich auf einer kleinen Bodenerhebung niederzulassen und den Schaden genau anzusehen. Der scharfe ausgezackte Deckel einer rostigen Konservendose hatte sich in ihre Fußsohle gebohrt. Sehr vorsichtig zog sie den bis zur Unkenntlichkeit verwitterten Metallgegenstand aus der glücklicherweise nur schwach blutenden zentimeterlangen Schnittwunde. Sie hätte sich selbst ohrfeigen mögen, weil sie barfuß durch dies unübersichtliche Ufergelände gesteift war, ohne die notwendige Obacht zu geben.

Wahrscheinlich lag die Dose schon seit langer Zeit im Uferschlamm verborgen und war vom salzigen Wasser, das regelmäßig die gesamte Fläche überspülte, ständig bearbeitet worden. Mochte sie von einem Schiff ins Meer hinuntergeworfen und hier angelandet oder achtlos nach einem Picknick liegen gelassen worden sein — für Lina machte das keinen Unterschied. Ihr war auch völlig gleichgültig, ob die Dose vielleicht einst tropische Früchte oder Thunfisch in Öl vor dem Verderben schützte. Sie hatte nur einen Gedanken, wie sollte sie mit dem verletzten stark schmerzenden Fuß den Weg zurück ins Urlaubsquartier allein bewältigen?

Mit ihrem Handtuch tupfte sie die Wunde ab und schlüpfte dann mutig in ihre leichten Schuhe, um den circa dreißig Minuten langen Rückweg anzutreten. Sie brauchte, aufgrund der starken Schmerzen beim Auftreten, natürlich erheblich länger, bis sie Floras Haus von weitem erblickte. Es kam ihr vor, als bestünde ihr gesamter Körper nur noch aus Schmerz. Die Wunde pochte, als habe jemand Salz hinein gestreut und sie dann mit grobem Faden zugenäht. Leidvolle Ewigkeiten schienen sie von ihrem Ziel zu trennen.

Als sie schließlich das Haus erreichte, schleppte sie sich die Treppe hinauf, warf die beschmutzten Schuhe in eine Ecke und humpelte völlig erledigt ins Schlafzimmer. Ihre Lieben waren nicht zu Hause. Wahrscheinlich gingen sie inzwischen allerlei kurzweiligen Ferienbeschäftigungen nach, dachte sie einen Moment lang bitter. Dann lag sie auch schon auf dem Bett und schlief erschöpft ein.

Carina und ihr Großvater weckten sie aus Rücksichtnahme nicht auf und verhielten sich beim gemeinsamen Abendbrot leise wie zwei Mäuschen. Später verließen sie beide mit unterschiedlichen Zielen das Haus.

Als Lina erwachte, dröhnte ihr der Kopf. Im ersten Moment wusste sie nicht, wo sie sich befand. Sie sah an sich herunter und bemerkte, dass sie angekleidet auf dem Bett lag. Seltsam, dachte sie und wollte sich erheben. Aber in dem Augenblick, als ihr rechter Fuß den Boden berührte, durchzuckte sie der bekannte brennende Schmerz und brachte die Erinnerung sofort zurück. Sie hob den Fuß auf den linken Oberschenkel und drehte so vorsichtig wie möglich die Fußsohle nach oben. Dann richtete sie den Schein der Nachttischlampe auf die Wunde.

Sie hatte zwar keine große Erfahrung mit derartigen Verletzungen, aber gut sah das nicht aus. Zu Hause hätte sie wahrscheinlich noch am selben Abend einen Arzt aufgesucht. Doch hier lagen etliche Kilometer mit dem Wagen zwischen ihr und der nächsten Arztpraxis. Abgesehen davon, dass sie mit dem schmerzenden Fuß wahrscheinlich nicht fahren konnte, wer wusste, ob der entsprechende Arzt gerade greifbar war?

Sie humpelte ins Bad und wusch die Wunde gründlich mit kaltem Wasser aus. Die Stelle fühlte sich ziemlich warm an und pochte verdächtig. Wahrscheinlich eine Entzündung!

Ihr fiel der Erste-Hilfe-Kasten in ihrem Auto ein. Darin musste sich doch irgendetwas finden, womit sie die Wunde fachgerecht verbinden konnte. Als sie die Treppe hinunter humpelte, verfluchte sie ihre vergnügungssüchtige Tochter und den tütteligen Vater, die nie greifbar waren, wenn man sie brauchte und ihr nur den unordentlichen Abendbrottisch hinterlassen hatten.

Im Treppenflur traf sie die gute Seele, Flora, die gerade von einem kleinen Abendspaziergang mit Wanda zurückkam.

"Guten Abend, Frau Eichhorn", grüßte sie freundlich und nachdem sie das schmerzverzerrte Gesicht der vermeintlichen Touristin und ihren humpelnden Schritt wahrgenommen hatte, fügte sie besorgt hinzu: "Geht es Ihnen nicht gut? Vielleicht kann ich Ihnen behilflich sein?"

Lina Eichhorn sah die alte Frau dankbar an und folgte ihr bereitwillig in die Wohnung, während sie ihr von dem Missgeschick berichtete.

Mit sanften fachkundigen Händen tastete die Heilerin die Wunde ab. Lina kühlte anschließend mit einem Eisbeutel die schmerzende Stelle, unterdessen beeilte sich Frau Feldmann, ohne viele Worte zu verlieren, eine Paste zu bereiten. Mit der aus Kräutern bestehenden Salbe bestrich sie anschließend die Schnittwunde und legte einen fachmännischen Verband an. Lina ließ alles über sich ergehen. Sie war froh endlich Hilfe gefunden zu haben. Die Kühlung und der Salbenverband brachten ihr schon eine gewisse Erleichterung. Mochte es vielleicht auch Einbildung sein, aber der Fuß schmerzte bei weitem nicht mehr so stark.

"Ich glaube, es ist schon besser", sagte sie dankbar.

Flora Feldmann sah sie amüsiert lächelnd an: "Das ist prima! Eine Wunderheilung! - Nein, nun aber im Ernst. Da haben Sie sich eine äußerst üble Verletzung zugezogen. Der Schnitt ist ausgezackt und wird einige Zeit benötigen, um vollständig zu verheilen. Die beginnende Entzündung werden wir hoffentlich mit dem Kräuterverband abwenden können. Jedenfalls sollten Sie für zwei oder drei Tage den Fuß nicht belasten. Den Verband werde ich selbstverständlich mehrmals täglich erneuern. Außerdem kann Kühlung fürs erste nicht schaden."

"Heißt das, ich bin ans Bett gefesselt?" Lina sah äußerst verzweifelt aus.

"Na, na, Kindchen, nicht so hysterisch! Sie können auch im Liegestuhl im Garten das Bein hochlegen oder im Fernsehsessel — nur laufen sollten Sie mit dem verletzten Fuß nicht allzu viel", beschwichtigte die gute Seele sie.

Ein gleißender Blitz, der im nächsten Augenblick das Fenster des Zimmers für Sekunden grell erleuchtete und einen lauten Donnerhall nach sich zog, schien die Erklärungen der alten Heilerin auf unheimliche Weise zu unterstreichen.

"Oh, wir bekommen doch noch das angekündigte Gewitter", bemerkte die alte Frau gleichmütig und trat ans Fenster, um einen langen Blick hinaus in die Dunkelheit zu werfen. Dann fügte sie nachdenklich hinzu: "Ach, und ausgerechnet morgen wird sich der Mond runden."

"Dann ist das herrliche Sommerwetter wohl mit dem Vollmond zu Ende?", vermutete Lina.

135

"Ei, woher denn? Das ist ein Ammenmärchen, das jeder Grundlage entbehrt. Der Mond beeinflusst meines Wissens das regionale Wetter nicht direkt. Es wird morgen wahrscheinlich aufgrund des reinigenden Gewitters wohltuend frischer sein, als in den letzten Tagen. Mich interessiert der Vollmond auch nur wegen der Heilpflanzen. Es gibt viele Sorten, die dann am günstigsten geerntet werden sollten."

Ein weiterer Blitz mit Donnergrollen im Schlepptau ließ Lina Eichhorn zusammenzucken. Sie mochte Gewitter ganz und gar nicht. Für eine moderne und emanzipierte Frau war das vielleicht ein wenig ungewöhnlich. Sie sprach auch nicht gern darüber, weil sie fürchtete, sich der Lächerlichkeit preiszugeben. Wahrscheinlich war ihre früh verstorbene Mutter für die Angst vor Donner und Blitz verantwortlich.

In dem Dorf, aus dem ihre Eltern stammten, war es üblich gewesen, sich bei Gewitter mit allen wichtigen Habseligkeiten in der Kirche zu versammeln und dort schweigend im Gebet zu verharren, bis Gott ein Einsehen hatte und das Unwetter vorüberziehen ließ. Die Mutter hatte später in Ermangelung der alten Dorfkirche, bei jedem Gewitter im Schein einer Kerze betend verharrt, wobei sie die kleine Geldkassette, die auch alle wichtigen Papiere enthielt, immer völlig verkrampft unter ihrem Arm trug. Lina besaß zwar keine direkte Erinnerung mehr an derartige Begebenheiten, aber der Vater hatte diese alten Geschichten so oft und mit solcher Lebendigkeit zum Besten gegeben, dass sie ihr wie selbst miterlebt erschienen.

Da sie sich ohnehin fürchtete, nach oben in die Ferienwohnung zu gehen, solange Donner und Blitz draußen das Regiment führten, nahm sie voller Dankbarkeit die Einladung von Frau Feldmann zu einer Tasse Kräutertee an.

137

Stammtisch

Das Wetter schien umzuschlagen. Dadurch fiel es Heinz Eichhorn nicht ganz so schwer, den abendlichen Weg ins Wirtshaus einzuschlagen. Es gab nur eine richtige Kneipe in dem kleinen Ort. Sie hieß ‚Kiek mol in' und befand sich in genau so einem ostfriesischen roten Klinkerbau, wie man hier einen neben dem anderen vorfand. Die Häuser unterschieden sich auf den ersten Blick kaum voneinander. Erst beim näheren Hinsehen konnte der Betrachter einige Unterschiede erkennen. Mal waren die Fenster anders angeordnet, dann wieder hob sich eine Haustür von den anderen in Farbe oder Form ab. Hier und da schien sogar das Rot der Dachziegel und Klinkersteine ein wenig zu variieren. Aber je länger man die geduckten Häuschen miteinander verglich, erschienen einem die Gemeinsamkeiten doch erdrückend.

Die Gaststätte unterschied sich nur durch die schon etwas verwitterte Leuchtreklame über der Eingangstür. Darauf war neben dem Wappen einer bekannten Brauerei der nicht gerade originelle plattdeutsche Name zu lesen. Wahrscheinlich gab es Hunderte ähnlicher Kneipen entlang der Küste. Die blank geputzten Fenster warfen das rötliche Licht der zwischen herannahenden Gewitterwolken untergehenden Sonne zurück.

Der Pensionär trat selbstbewusst ein, grüßte kurz mit dem üblichen „Moin!" und setzte sich an die Theke. Niemand von den Anwesenden antwortete. Nur eine Hand voll Männer war dort. Es schienen ausnahmslos Einheimische zu sein. Der pensionierte Kriminalist betrachtete sie ungeniert, während er auf die Bedienung wartete. Vier Kerle verschiedenen Alters, alle mit karierten kurzärmligen Hemden bekleidet, über denen sie breite Hosenträger trugen, saßen gemeinsam in tiefes Schweigen versunken um den Stammtisch. Vor ihnen standen mehr oder weniger gefüllte Schnaps- und Biergläser. In der Mitte thronte stolz eine angebrochene Flasche Korn. Eine dichte Tabakwolke hüllte die schweigende Szene stimmungsvoll ein.

In der anderen Ecke des Raumes saß eine weitere männliche Person allein an einem Tisch. Das heißt, der Mann hockte mit aufgestützten Armen über ein leeres Schnapsglas gebeugt und stierte blicklos vor sich hin. Seine Kleidung war ungepflegt. Die vor Dreck strotzende Schirmmütze saß, tief in die Stirn gerutscht, schräg auf seinem Kopf. Wahrscheinlich hatte der Kerl sein Quantum für diesen Abend schon überschritten.

Jetzt betrat die Wirtin den Schankraum. Es war eine kleine grauhaarige dralle Frau, deren Alter sich nur sehr schwierig schätzen ließ. Sie schien einige Lebensstürme wohlbehalten überstanden zu haben, ohne dabei den Humor zu verlieren. Freundlich grüßte sie den neuen Gast, trug schnell einen Teller mit Bratkartoffeln und Spiegeleiern zum Stammtisch und eilte dann geschäftstüchtig an den Tresen zurück.

"Was möchten Sie trinken?", fragte sie in gutem Hochdeutsch.

Herr Eichhorn entschied sich für ein Pils. Mit viel Geschick zapfte die Wirtin das Gebräu in der dafür vorgeschriebenen Zeit und servierte es dem Gast mit einer wundervollen Schaumkrone.

Zwischenzeitlich brachte sie noch zwei weitere Portionen Essen zum Stammtisch und unterhielt sich mit dem von ihr als Sommergast eingeordneten Herrn über Belanglosigkeiten.

Heinz Eichhorn trank das erste Pils mit großem Genuss und bestellte sich gleich ein zweites.

"Möchten sie gar keinen Lütten?", fragte die Wirtin erstaunt. Sie schien von den Stammgästen gewöhnt zu sein, dass zum Bier reichlich Schnaps gekippt wurde.

"Danke nein", schüttelte er den Kopf. Dann besann er sich jedoch eines Besseren und bestellte eine ganze Lokalrunde.

Als er noch aktiv im Dienst war, nannten die Jungs ihn ‚die Eiche' und das nicht nur, weil er standhaft wie dieser mächtige Baum aus dem Getümmel des Verbrechens ragte, sondern meistens der Letzte war, der an der Theke noch gerade stand. Er hatte deshalb immer reichlich Freunde und Neider gehabt, sowohl unter seinen Polizeikollegen als auch unter den kleinen Ganoven seines Reviers.

Inzwischen hielt er sich mit Alkohol lieber etwas zurück. Seine Gesundheit war angeknackst und ließ derartige Ausschweifungen leider nicht mehr ohne bittere Reue zu.

Als die Bedienung mit dem Tablett durch die Gaststube schritt, um vor jedem der Gäste einen doppelten Korn abzustellen, kam nach und nach Leben in die müde Gesellschaft. Die Männer vom Stammtisch nickten ihrem Gönner misstrauisch zu und leerten die Gläser in einem Zug. Der einsame Zecher kippte den scharfen Schnaps, ohne eine Miene zu verziehen, stumm in sich hinein.

Der ehemalige Polizeibeamte musste die Prozedur noch zweimal wiederholen, bevor er an den Stammtisch gebeten wurde.

Die Ostfriesen schlugen ihm jetzt allerdings freundlich auf die Schulter und bemühten sich sogar einige Sätze auf Hochdeutsch mit ihm zu wechseln. Doch schnell verfielen sie immer wieder in ihren Heimatdialekt.

"Nu, kiek di den ollen Clemens weer on. Dat is ook kien Lebensart nich!", meinte ein Hagerer mit sommersprossigem Gesicht und strohblondem Haar, wobei er seinen Blick auf den noch immer allein vor sich hinbrütenden Trinker richtete.

Die anderen Kerle nickten erst und schüttelten anschließend in stummer Einmütigkeit mehrmals missbilligend die Köpfe. Nach einer Minute des Schweigens sagte ein vierschrötiger Glatzkopf mit ungesund roter Gesichtsfarbe: "De hät sin Pack to drogen, det ärm Schwien. Vörderst sin Fru, denn sin Modder un nu ook noch de Wicht — dat wor to vill för hem."

Abermals nickten die Männer zustimmend. Dann kippte, wie auf Kommando, jeder einen weiteren Korn in seine durchtrainierte raue Kehle.

"Was ist mit dem Mann denn los?", fragte Herr Eichhorn, während er den vermeintlichen Zechkumpanen mit seinem Pils zuprostete.

"Hm, hm!", brummte ein kleines altes Männchen mit beängstigend mageren Armen und Beinen, das kaum über den Tisch blicken konnte, nur vielsagend.

Ein dicker Rothaariger mit krausem Vollbart antwortete statt seiner in schleppendem Tonfall: "Das Schicksal hat ihm übel mitgespielt, dem armen Kerl. Sein Vater hatte ihm einen schönen großen Hof vererbt etwas außerhalb vom Dorf. Aber die Weiber sind ihm nach und nach weggestorben. Zuletzt die siebzehnjährige Tochter. Seitdem ist der Clemens nicht mehr ansprechbar. Böse Geschichte! Böse Geschichte!"

Nach der üblichen Pause meldete sich der kleine Alte mit piepsiger Stimme doch noch zu Wort: "Heel moi was de Jungbuur west, heel moi - un so flott met de Schruvenslötel as met de Messers!" Er schüttelte so heftig das greise Haupt, dass man befürchten musste, der dürre Hals würde ihm jeden Augenblick den Halt versagen.
143

Dann besann er sich einen Moment und wandte sich direkt an den vermeintlichen Sommergast: "Der Clemens hat ne Schlachterlehre gemacht, bevor er den Hof übernahm. War'n prima Kerl, für alles zu gebrauchen. Hat sogar de Landmaschins selbst repriert. Als sin junge Fru starb, is er erstmals durchdreht. Da hat er im Wahn sin best Kuh eenfach abstochen. Später is er allmählich dem Suff verfalln. Und wenn dat so wiedergan deit, hat er dat bald uutstandn." Wie als Untermalung seiner Aussage deutete der Sprecher theatralisch auf den hilflos am Tisch hockenden Trinker.

Die Wirtin trat nun, beide Arme in die Seiten gestemmt, an den Stammtisch und schallt die Männer: "Olle Spökenkiekers all mitnand! Nu packt de besoffene Smeerlaap un bringt hem no Huus hin, sunst slöppt de noher do in." Die Männer murrten aber gehorchten. Sie erhoben sich leicht schwankend von ihren Plätzen, scharten sich um den bedauernswerten Clemens und führten ihn noch immer maulend, weil ihr gemütlicher Stammtisch-Abend ein so jähes Ende genommen hatte, hinaus in die Dunkelheit. Er leistete keinen Widerstand, musste aber unter beiden Achseln gestützt werden.

Herr Eichhorn zahlte seine Zeche und verließ die Kneipe ebenfalls. Er merkte, dass die Schnäpse scharf durch sein Blut kreisten, als er in die ziemlich schwüle Nachtluft hinaustrat. Fern hörte er das Grollen des herannahenden Sommergewitters. Die Einheimischen hatten inzwischen mühsam den Trinker in einen Fahrradanhänger verfrachtet und der kräftige Rothaarige fuhr schwankend durch die Nacht mit ihm davon.

Gewitter

Der Pensionär beeilte sich zu seiner Unterkunft zurück zu gelangen, denn die zuckenden Blitze erhellten den Horizont in immer kürzer werdenden Abständen. Auch der grollende Donner schien eilig näher zu kommen. Herr Eichhorn verspürte keine große Lust das offensichtlich herannahende Unwetter unter freiem Himmel zu erleben. Seine Schritte griffen zum Schluss immer weiter aus, und er war vollkommen hinter Atem, als er das Haus endlich erreichte.

Gerade mit dem prasselnd einsetzenden Wolkenbruch trat er ein.

Um ein wenig zu verschnaufen, bevor er die Treppe in Angriff nahm, blieb er für einige tiefe erleichterte Atemzüge unten im Hausflur stehen. Die Blitze zuckten jetzt ohne jeglichen Respekt ums Haus, als gelte es, alles Menschenwerk dem Erdboden gleichzumachen. Ohne große Ruhepausen folgte ein dröhnender Donnerschlag dem vorherigen und ließ die Glasscheiben leicht vibrierend klirren. Ihn fröstelte plötzlich, obwohl die hochsommerlichen Temperaturen der vergangenen Tage die Innenräume derart aufgeheizt hatten, dass die abrupte witterungsbedingte Abkühlung ihnen keinesfalls so schnell etwas anhaben konnte. Sehnsüchtig betrachtete er das warme gemütlich lockende Licht, dass durch die Türscheibe aus Floras Wohnung in den Treppenflur fiel.

Nur einen Herzschlag lang zögerte er noch, dann genau mit dem nächsten Blitz klingelte er mutig an.

Es dauerte nur einen kleinen Moment und die freundliche Frau öffnete ihm.

"Oh, wie schön! Treten Sie doch bitte ein, Heinz. Ihre Tochter ist auch zum Tee bei mir. Sie sind doch nicht etwa von diesem fürchterlichen Gewitter überrascht worden?" Flora Feldmann sah den sympathischen Herrn mit ehrlicher Besorgnis an. Da er aber völlig unversehrt erschien, lächelte sie erleichtert und ging voraus in die gute Stube.

Vater und Tochter begrüßten sich mit einigem Erstaunen. Sofort erblickte er ihren bandagierten Fuß, der auf einem bereitgestellten Hocker ruhte.

"Na, was hast du denn angestellt, Eichhörnchen?" Das Gesicht des alten Herrn drückte seine Sorge um die Tochter aus.

Während Frau Feldmann eine dritte Teetasse besorgte, erklärte Lina ihrem Vater, was ihr geschehen war. Am liebsten hätte der ihr vorgeworfen, was für eine tolle Undercover-Ermittlerin sie doch sei, mit ihrem lädierten Fuß. Aber über den Beruf durften sie im Beisein der Dame ja nicht sprechen. Die verstand ohnehin die ganze Aufgeregtheit ihrer Sommergäste nicht.

"Ich weiß gar nicht, warum Sie sich so aufregen. Sie haben Urlaub, Kindchen! Da kommen ein paar Tage Entspannung eigentlich doch gar nicht so ungelegen. Bei der Hitze in diesem Sommer sind lange Spaziergänge und ununterbrochener Aufenthalt in der Sonne sowieso nicht gesundheitsfördernd."

Lina nickte nur betreten und nippte an ihrem heißen Tee. Plötzlich blickte sie ihren Vater an, als habe sie gerade einen bösen Geist gesehen. "Sag, wo ist eigentlich Carina?", stieß sie hervor.

Heinz Eichhorn antwortete erstaunt: "Ja, ist sie denn noch nicht zu Hause? Ich glaube sie war mit diesem Jungen verabredet. Wie der heißt, weiß ich nicht mehr."

"Bitte sei so lieb, und schau oben nach, ob sie inzwischen zurück ist. Ich bin doch sehr unruhig", bat seine Tochter fast flehend.

Der pensionierte Kommissar ließ sich nicht lange bitten. Er verließ sofort das gemütliche Zimmer, um sich in die Ferienwohnung zu begeben. Dort fand er außer dem unordentlichen Abendbrottisch und Linas zerwühltem Bett nichts vor, was auf eine kürzliche Anwesenheit von Menschen schließen ließ — schon gar nicht seine leibhaftige Enkeltochter.

Auch er wurde jetzt unruhig. Ein Gewitter war in dieser flachen Landschaft für Lebewesen im Freien durchaus nicht ungefährlich. Er blickte aus dem Fenster in Richtung des ungeliebten Meeres. Eine Serie von Blitzen schlug wie ein präzise angelegtes Feuerwerk gezielt nebeneinander in den Deich ein. Gespenstig flackerte die Landschaft in ihrem zuckenden blassblauen Feuer.

Der besorgte Großvater beeilte sich nach unten zu den beiden wartenden Frauen zu gelangen.

"Ich hab's ja geahnt, nichts als Ärger hat man wieder mit dem Mädchen", schimpfte er, anstatt die bedrückend im Raum stehende bange Frage der ängstlichen Mutter zu beantworten.

"Aber der Wagen steht doch vor der Tür. Vielleicht ist Hörnchen bei Wan zu Hause", vermutete Lina hektisch an ihrer Frisur zupfend.

"Nein, das halte ich für ausgeschlossen. Der Junge darf kein Mädchen mit nach Hause bringen. Die Familie ist sehr sittenstreng. Außerdem hat sich Ihre Tochter eines der Fahrräder von mir ausgeliehen." Frau Feldmann blickte jetzt auch ziemlich besorgt drein. Sie hatte Carina die geplante Fahrradtour mit dem Hinweis auf das herannahende Gewitter noch ausreden wollen, aber bei dem Mädchen auf Granit gebissen.

"Ich muss sofort los, um die Kleine zu suchen!" Herr Eichhorn stürzte so kopflos zur Tür, dass er beinahe über die friedlich auf ihrer Decke liegende Wanda gestolpert wäre. Die Hündin hob leicht erstaunt ob dieser ungewohnten Nervosität das edle Haupt und blickte hoheitsvoll von einem zum anderen. Frau Feldmann tätschelte sie beruhigend und beschwor ihre Feriengäste, jetzt nicht überstürzt zu handeln, sondern, auch im Interesse der eigenen Gesundheit, das Ende des Unwetters abzuwarten.

"Wan ist ein guter Kerl. Er weiß, was bei diesem Wetter zu tun ist und wird Ihre Tochter sicher heil nach Hause bringen", meinte sie zum Schluss.

Ganz gegen seine sonstige Art, ließ der dickköpfige Alte sich von der netten Gastgeberin besänftigen und zu einer weiteren Tasse Tee überreden. Ziemlich wortkarg saßen die drei noch einige Zeit zusammen, hingen trüben Gedanken nach und lauschten dem Unwetter, das sich im Schneckentempo vom Dorf wegzubewegen schien. Als der starke Regen endlich in ein leichtes Tröpfeln überging, wollte sich der Pensionär auf den Weg machen.

"Wo wollen Sie denn im Dunkeln suchen? Das hat doch überhaupt keinen Sinn. Wenn die Kinder klug sind, haben sie irgendwo Schutz vor dem Unwetter gesucht und befinden sich inzwischen schon auf dem Weg nach Hause. Geben Sie den beiden doch noch eine Viertelstunde!", flehte Flora ihn förmlich an.

Kurz darauf traf das Hörnchen völlig durchnässt aber gesund und munter zu Hause ein.

151

Ernste Gespräche

Carina war in der Nacht nicht mehr sehr gesprächig gewesen. Und da die Müdigkeit ihnen allen nach den aufregenden Stunden ziemlich zusetzte, hatte die Familie sich schnellstens zu Bett begeben. Am nächsten Vormittag hielt es Lina Eichhorn aber doch für notwendig, ein längeres klärendes Gespräch mit ihrer Tochter zu führen. Zwar sagte sie sich immer wieder, dass ihre Kleine inzwischen erwachsen und zu einer jungen Frau herangereift war, aber die mütterliche Sorge wurde dadurch keineswegs gedämpft.

Die Tochter zeigte sich, wahrscheinlich in Erwartung einer wohlverdienten Strafpredigt, von der sturen völlig unzugänglichen Seite. Sie saß am Tisch und entfernte mit einer penetrant stinkenden Tinktur den Lack von ihren Fingernägeln, ohne die Mutter eines Blickes zu würdigen. Lina wäre am liebsten aus ihrem Sessel aufgesprungen und hätte Carina geschüttelt. Leider zwang sie der verletzte Fuß zu körperlicher Inaktivität.

"Was willst du eigentlich, Hörnchen?" Wenn wir dich wie eine Erwachsene behandeln sollen, musst du dich auch entsprechend verantwortungsbewusst benehmen!", zeterte sie aufgebracht.

"Wir haben uns entsetzlich um dich gesorgt. Schließlich spielt es neben dem schrecklichen Unwetter auch noch eine Rolle, dass ich hier in einem Mordfall ermittle. Möchtest du vielleicht das nächste Opfer sein?"

"Was weißt du denn schon über den Mord? Wir machen doch hier deine ganze Arbeit!", schleuderte das junge Mädchen ihr wütend entgegen und begann dann ihre Finger der Reihe nach mit einem nicht weniger übel riechenden grellen Nagellack zu verzieren.

Die Hauptkommissarin blickte ihre Tochter erstaunt an. Hatte sie vielleicht Neuigkeiten erfahren, die ihr bei der Aufklärung des Falles nützen konnten? Ihre Verärgerung wich augenblicklich der beruflichen Neugier.

"So? Dann schieß mal los mit ein paar Fakten. Wenn ich bitten darf", forderte sie Carina auf.

Diese genoss es sichtlich, die Mutter zappeln zu lassen und musste erst zweimal gebeten werden, bevor sie sich mühsam aus der Nase ziehen ließ, was sie von Wan erfahren hatte.

"Der Junge will angeblich wissen, wer Jana ermordet hat?", rief Frau Eichhorn erregt aus. "Dann muss ich schnellstens den Chef informieren, damit er ihn verhören lässt. Allem Anschein nach kommt Wan auch als Vater des Kindes in Betracht. Oder wie siehst du das? Wir werden umgehend einen Gentest veranlassen."

"Überstürze die Sache nicht!" Carina wirkte plötzlich ziemlich erschrocken. Dass diese Hinweise gleich solche drastischen Konsequenzen für den geliebten Wan haben sollten, hatte sie nicht erwartet. Sie fürchtete vor allem, ihre schöne Liaison könnte ein allzu jähes Ende nehmen. Der Junge würde ihr mit Sicherheit nie verzeihen, wenn er erfuhr, wer ihn an die Polizei verraten hatte.

"Bitte, lass mich ihn heute Abend noch einmal treffen! Dann versuche ich, den Namen des Mörders zu erfahren." Sie sah ihre Mutter flehend an. "Ich verspreche dir, nicht wieder so gedankenlos zu handeln", fügte sie hinzu, um ihrem Wunsch Nachdruck zu verleihen.

"Du scheinst ihn ja sehr zu mögen. Oder ist es nur dein Interesse an meiner Arbeit?", lachte die

154

Hauptkommissarin etwas verunsichert. "Pass gut auf dich auf, mein Kind. Wir können den Menschen nicht in die Köpfe hineinschauen. Viele Mörder sehen keineswegs wie Gewaltverbrecher aus, sondern wie ganz normale Leute — genauso sympathisch oder unsympathisch wie der Nachbar von nebenan." Mutter und Tochter tauschten einen sehr ernsten langen Blick aus. Nach einer Weile senkte Carina errötend den Kopf.

"Wan kann unmöglich ein Mörder sein. Das würde ich fühlen", flüsterte sie noch immer etwas widerborstig.

"Gut. Ich gebe dir noch diesen Abend. Ich tue das wider besseres Wissen, nur weil dir so viel daran liegt. Vielleicht kannst du ja tatsächlich die Unschuld dieses vietnamesischen Jungen beweisen. Es würde auch mich freuen. Aber du gehst diesmal nicht ohne mein Handy aus dem Haus — nur für den äußersten Notfall, klar? Und morgen muss ich auf jeden Fall den Chef benachrichtigen. Der wird sich ohnehin schon wundern, warum ich mich noch nicht mit schlüssigen Ergebnissen gemeldet habe."

Carina sprang erfreut auf und umarmte ihre Mutter stürmisch. Als Folge davon musste sie leider die gesamte Prozedur mit der Nagelbe-

155

handlung nochmals wiederholen, weil der feuchte Lack total ruiniert war.

Frau Eichhorn floh humpelnd in den Garten, um frische Luft zu atmen.

Auch ihr Vater hatte es sich unter den schattigen alten Bäumen in einem der Liegestühle bequem gemacht. Er las völlig versunken in einem Kriminalroman. Neben ihm ruhte Wanda auf einer karierten Decke, den edlen Kopf auf die Vorderläufe gebettet und mit ihren klugen treuen Augen jede kleine Bewegung ihres neuen Freundes verfolgend.

"Darf ich euch beiden Gesellschaft leisten? Oben ist so schlechte Luft." Lina rückte ohne die Antwort abzuwarten einen Liegestuhl zurecht und nahm vorsichtig Platz. Während sie ihren Fuß behutsam hochbettete, musterte der Vater sie missbilligend über seine schmale Lesebrille.

"Könnt ihr euch wieder einmal nicht vertragen? Statt dass du froh bist, deine Tochter wohlbehalten wiederzuhaben", schimpfte er.

"Quatsch! Das mit der schlechten Luft ist wörtlich gemeint. Carina lackiert gerade ausgiebig ihre Nägel", antwortete Lina amüsiert und schlug das mitgebrachte Modemagazin auf. "Außerdem hat sich unser Hörnchen gestern nicht gerade mustergültig aufgeführt. Darüber werde ich doch als Mutter wohl noch mit ihr diskutieren dürfen?", fügte sie selbstbewusst hinzu.

"Na, was ihr immer so diskutieren nennt", brummte der Alte und vertiefte sich erneut in seinen Roman.

Lina Eichhorn blätterte lustlos mehrere Seiten in ihrem Magazin um. Sie liebte es absolut nicht, zur Untätigkeit verurteilt zu sein. Die abgemagerten Modelle auf den avantgardistisch fotografierten glänzenden Abbildungen blickten sie hungrig an und erweckten lediglich ihr Mitgefühl. Wenn man ihre leidenden Gesichtsausdrücke für sie sprechen ließ, waren sie wahrscheinlich alle magersüchtig und wurden von den Fotografen und Modefirmen rücksichtslos ausgebeutet.

Auch die als völlig neu hingestellte haute Couture erschien Lina ziemlich abgelatscht, und nur die seltsame Zusammenstellung der verschiedenen Kleidungsstücke machte sie noch nicht originell. Da wurden grundsätzlich unterwäscheartige Teile über den Kleidern getragen und meistens mehrere Röcke und Schürzen schlampig übereinander gerafft. Sie schloss das Heft frustriert und warf es mit einem bösen Ruck ins Gras.

Wanda erhob sich leicht erschreckt und sah sie fragend an. Auch Herr Eichhorn blickte erstaunt von seinem Buch auf.

"Was ist los, Eichhörnchen? Du wirkst so genervt."

"Genervt ist gar kein Ausdruck", schimpfte seine Tochter nun los. "Da sitze ich hier mit dem blöden verletzten Fuß, und auch in meinem Fall bewege ich mich keinen Zentimeter von der Stelle. Nichts als Klatsch und Tratsch! Kannst du mir vielleicht sagen, wie ich das alles meinem Chef erklären soll?"

"Na, vielleicht kann dir ja dein alter Vater ein wenig aus der Patsche helfen?", meinte der Pensionär wohlwollend, legte den Kriminalroman zur Seite und setzte die Brille ab.

Lina blickte beleidigt zu Boden und sagte kein Wort.

"Wir müssen uns erst einmal in Ruhe vergegenwärtigen, was wir alles schon erfahren haben. Meistens setzen sich die Fakten am Ende wie ein Puzzle zum Ganzen zusammen", fing der ehemalige Kommissar zu rekapitulieren an.

"Ich brauche keine Nachhilfe in der Ermittlungsarbeit. Mir fehlen einige hieb- und stichfeste Tatsachen." Die Hauptkommissarin brummte böse vor sich hin.

"Wer sagt, dass wir keine brauchbaren Hinweise haben? - Da wäre zum Einen unsere liebe Vermieterin. Ich sage gleich, dass die Frau über jeden Zweifel erhaben ist, bevor du sie noch als Täterin in Betracht ziehst. Aber immerhin ist uns nun bekannt, dass die Dame eine Menge teilweise hochgiftiger Substanzen in dem Nebengebäude ihres ehemaligen Gehöftes aufbewahrt. Das einfache Vorhängeschloss ist für den dilettantischsten Einbrecher eine Kleinigkeit. Außerdem besaß das tote Mädchen einen eigenen Schlüssel. Über dessen Verbleib müsste Flora unbedingt noch befragt werden. Denn die Tote kann ihn ihr unmöglich zurückgegeben haben."

"Meinst du, Frau Feldmann wird dir darüber Auskunft geben? Immerhin seid ihr ja schon fast intim miteinander", stichelte die Tochter.

"Intim! Intim! Dass ich nicht lache! Wir verstehen uns eben sehr gut. Und das ist gar nicht sonderbar, denn sie ist eine wundervolle interessante Frau. Über das Alter, in dem Töchter ihre Väter mit Eifersüchteleien verfolgen, solltest du übri-

159

gens längst hinaus sein." Man merkte es ihm an, dass er sich trotz allem sehr geschmeichelt fühlte.

"Was wissen wir außerdem noch?", lenkte die Hauptkommissarin erbarmungslos auf den Mordfall zurück.

"Der Vater des Mädchens ist ein bedauernswertes Subjekt, völlig dem Suff verfallen. Die verschiedensten Schicksalsschläge haben ihn zermürbt. Immerhin wäre ihm — natürlich nur in einigermaßen nüchternem Zustand — körperlich durchaus eine solche Tat zuzutrauen. Die Männer aus dem Dorf berichteten, dass er mit einem Schlachtermesser ausgezeichnet umgehen könne. Seine geistig-seelische Verfassung könnte dazu geführt haben, dass er diese grausame Handlung aufgrund eines uns noch unbekannten Motivs oder etwa in geistiger Verwirrung tatsächlich ausführte." Der Alte seufzte mitleidig, als er an das hübsche junge Mädchen dachte.

"Da wäre dann noch der Vietnamese, Wan. Carina ist in ihn verliebt und hält ihn deshalb für absolut unschuldig. Doch er ist eigentlich, neben deiner Freundin Flora, der wahrscheinlichste Kandidat für die Tat. Fest steht, er war mit Jana intim befreundet, wahrscheinlich hat er sie geschwängert. Möglich, dass er aus Angst vor Problemen mit seiner Familie die schwangere Freundin aus dem Weg räumte. Vielleicht hatte er das Gift von Flora? Er ist ein muskulöser durchtrainierter junger Mann. In der Gegend scheint er sich hervorragend auszukennen. Carina gegenüber äußerte er, dass er den Mörder kenne. Was hältst du davon?" Lina Eichhorn sah ihren Vater fragend an.

"Keine unmögliche Schlussfolgerung", sinnierte der Pensionär. "Zumal die meisten Mörder zwanghaft über ihre Taten sprechen wollen, ja, einige sich sogar mit ihnen brüsten. Du solltest ihn schnellstens von den Kollegen in die Mangel nehmen lassen. Die verstehen es, dieses Bürschchen zum Reden zu bringen."

"Das hatte ich auch vor, aber Carina besteht darauf, ihn heute nochmals zu treffen, um seine Unschuld zu beweisen", erklärte Lina besorgt.

"Das willst du zulassen? Mir erscheint diese Aufgabe für das junge Mädchen viel zu gefährlich", protestierte der Großvater.

"Du wirst wohl schlecht an ihrer Stelle zu dem Rendezvous gehen können, um den jungen Mann auszuhorchen. Außerdem hat sie einen fürchterlichen Dickschädel und lässt sich nicht

161

von diesem Vorhaben abbringen. Ich werde ihr für den Notfall mein Handy mitgeben." Lina schien sich selbst beruhigen zu wollen, denn ihre Sorge um die Tochter war nicht zu übersehen.

"Ich wäre wirklich ein alter Trottel, wenn ich versuchte, euch einen Entschluss auszureden, den ihr gemeinsam gefasst habt. Rechne aber heute Abend nur nicht auf mich. Ich bin mit Flora verabredet zum Kräutersammeln. Wir erwarten nämlich eine herrliche klare Vollmondnacht."

Der Pensionär betrachtete das Gespräch damit als beendet und wandte sich mit ungeteilter Aufmerksamkeit wieder seiner Urlaubslektüre zu.

Vollmond

Die Stunden des schönen Sommertages verstrichen für die drei Eichhorns in bleierner Zeitlupe. Bei Carina waren es die unbändige Sehnsucht und die frohe Erwartung des abendlichen Zusammentreffens mit ihrem Liebsten, die ihre Zeit nur in kriechendem Schneckentempo fortschreiten ließ. Andauernd blickte sie auf die Armbanduhr, deren Zeiger sich ärgerlicherweise nur schleppend bewegten. Mehrmals lackierte sie ihre Fingernägel neu, weil das Ergebnis ihr nicht gefallen wollte. Auch die passende Bekleidung für das Rendezvous war nicht auf Anhieb zu finden. Endlich machte sie sich mit den guten Ratschlägen und dem Handy ihrer Mutter auf den Weg.

Heinz Eichhorn erging es ganz ähnlich. Mehrfach im Laufe des Tages klopfte er leicht mit dem Zeigefinger auf seine teure Markenuhr, weil er nicht glauben konnte, was sie ihm anzeigte. Und auch er wirkte ziemlich herausgeputzt, als er schließlich zum nächtlichen Kräutersammeln mit der von ihm verehrten Dame das Haus verließ.

"Sieh dich vor, dass du deine gute helle Hose nicht ruinierst, wenn du im Halbdunkeln zwischen den Pflanzen herumkriechst", rief ihm Lina etwas bissig hinterher.

Aber der alte Herr antwortete ihr gar nicht.

Sie blieb zwangsweise in ihrem bequemen Sessel mit dem fürsorglich von Frau Feldmann bereitgestellten Fußhocker sitzen, langweilte sich vor dem Fernseher und ließ die von ahnungsvollem Bangen erfüllten Stunden weiterhin endlos an sich vorbeischleichen. Das Telefon stand griffbereit neben ihr.

"Die Stängel der Pflanzen verdicken sich bei Vollmond. Wussten Sie das?", erklärte Flora Feldmann ihrem Begleiter. Sie waren mit der treuen Wanda entlang der Felder im hellen Mondlicht unterwegs. Dabei kamen sie verständlicherweise nur langsam voran, weil sich die heilkundige Frau an vielen ihr bekannten Stellen bückte, um verschiedene Wildkräuter einzusammeln. Der pensionierte Kommissar trug galant den mittelgroßen Korb, der die Pflanzensammlung aufnahm und versuchte, sich in jeder Weise nützlich zu machen.

Die große Hündin folgte ihnen wie ein beruhigender Schatten, der sie vor bösen Geistern und sonstigem mitternächtlichen Gesindel beschützen wollte.

Es war schon lange nach Mitternacht, als die Umrisse des alten Gehöftes vor ihnen erschienen. Beim Näherkommen erblickten sie eine schwache Lampe über der Eingangstür. Sie streute ihr spärliches Licht gerade bis zu den steinernen Löwen und ließ die Umgebung dadurch noch gespenstischer erscheinen, als sie es ohnehin schon war. Flora richtete ihre Taschenlampe auf den Weg, damit sie unter den großen alten Bäumen, deren üppige grüne Kronen das Mondlicht verschluckten, nicht ins Straucheln gerieten. Wanda lief ihnen ziemlich unruhig voraus. Herr Eichhorn vermutete, dass sie die Witterung eines umherstreifenden Nachttieres aufgenommen hatte. Sie fanden die Hündin vor der Eingangstür zur Kräuterküche. Ihre Zähne waren gefletscht, und sie ließ ein unheilvolles Knurren vernehmen.

Der alte Herr sah zuerst, was der Grund für ihr ungewöhnliche Verhalten war. Das Vorhängeschloss fehlte!

Er legte den Zeigefinger beschwörend auf seine Lippen. Die intelligente Frau begriff die Situation intuitiv. Sie nahm die Hündin an die kurze Leine und flüsterte ihr leise die entsprechenden Verhaltenskommandos ins Ohr. Als hätten sie die folgende Szene gemeinsam eingeübt, agierten die Drei nun in wortloser Übereinstimmung. Heinz Eichhorn öffnete leise aber zügig die hölzerne Tür. Wanda betrat geschmeidig als erste den Raum. Ihre Herrin folgte ihr auf dem Fuß. Dann trat auch der pensionierte Kommissar ein. Die Stimmung der schwarzen Hündin schlug blitzartig um. Sie begann erfreut mit der Rute zu wedeln.

Für die beiden menschlichen Wesen war es etwas schwieriger, die sich ihnen darbietende Situation genau zu analysieren. Das schwache Licht, welches den vollgestopften Raum nur unzulänglich erhellte, ließ anfangs lediglich ungenau einige Konturen von Gegenständen erkennen. Es war kein Laut zu vernehmen. Auch Frau Feldmann und Herr Eichhorn standen stumm und aufs Äußerste konzentriert da. Die Hündin hatte mit ihrem Verhalten signalisiert, dass nichts Bedrohliches zu erwarten war, deshalb wagten sie einige Schritte in den Raum hinein.

Jetzt erkannten sie schemenhaft das aufgeschlagene Feldbett mit einer vollkommen regungslos darauf liegenden Gestalt. Die von Schweiß schimmernden nackten Körperteile lagen ungewöhnlich verdreht und seltsam platziert da. Dann, beim näheren Hinsehen, entpuppte sich das eigenartige Wesen als zwei völlig ineinander verkeilte Menschenleiber. Sie schliefen friedlich und nackt einer in den Armen des anderen. Ihr gleichmäßiger Atem war mit etwas Konzentration deutlich zu hören.

Die alten Leute sahen sich erstaunt an. Innerlich waren sie auf einiges gefasst gewesen, aber was sie letztendlich vorfanden, überraschte sie doch sehr. Wie sollten sie das verstehen? Der ehemalige Kriminalbeamte richtete die Taschenlampe ohne Gnade auf die verschwiegene Szene.

Was Wanda mittels ihrer feinen Spürnase längst herausgefunden hatte, sahen ihre menschlichen Begleiter nun wenig später mit eigenen Augen: Carina und Wan waren die beiden Eindringlinge! Der verstörte Großvater warf nur einen kurzen Blick auf die für seine Enkelin ziemlich kompromittierende Szene, dann schaltete er den unbarmherzigen Lichtkegel eilig aus.

Der plötzliche Lichtschein genügte jedoch, um die jungen Leute von dem ungewöhnlichen Liebeslager aufschrecken zu lassen.

Irritiert und geblendet fragte Wan in die Dunkelheit hinein: "Was ist los? Wer ist da?"

"Alles in Ordnung! Zieht euch nur in Ruhe eure Sachen über. Flora und ich warten inzwischen draußen", erwiderte der verständnisvolle Großvater und wandte sich in Richtung der Tür. Wanda, die lautlos neben das Feldbett geschlichen war und Wans Hand leckte, wurde von Frau Feldmann zurückgerufen. Auch sie verließen den Raum.

Sie hörten die beiden Liebenden aufgeregt miteinander tuscheln und sich offenbar eilig von dem Liebeslager erheben. Nach kurzer Zeit traten sie eng hintereinander aus der Tür ins sanfte Mondlicht hinaus, das den vorbildlich angelegten Kräutergarten silbrig schimmern ließ.

"Wir müssen uns unbedingt miteinander unterhalten. Vielleicht kocht uns Flora einen ihrer unnachahmlichen Kräutertees?" Herr Eichhorn wies einladend auf die Scheune. Die jungen Leute standen einen Moment unschlüssig da. Aber Flora schob sie geschäftig zur Seite, knipste das Deckenlicht an und begann wortlos den Tee zu bereiten. Zögernd betraten Wan und Carina gefolgt vom Großvater erneut den Raum und nahmen schweigend am Tisch Platz. Das elektrische Licht tat ihren Augen weh.

Carina hatte gerötete Wangen, und ihr sorgfältig aufgetragenes Make-up war peinlich verschmiert. Verlegen zupfte sie ihr sommerliches Jeanskleid zurecht, an dem über der Brust ein Knopf fehlte. Die Bilder und Gefühle der vergangenen Stunden spielten in ihrem Kopf Pingpong. Der aromatische Kräuterduft, der den schwül warmen Raum erfüllte, verband sich mit ihren jüngsten Erinnerungen. Während der Großvater, wie gewöhnlich, erst weitschweifig mit dem Umweg über eigene Erlebnisse zum eigentlichen Thema des Gespräches überging, klappte sie in Gedanken noch einmal mit Wan das Feldbett auf.

Sie scherzten dabei und küssten sich unablässig. Dadurch zog sich die Prozedur erheblich in die Länge, obwohl sie die einfache Technik des Notbettes bereits am Abend vorher — während des Gewitters — ausgiebig getestet hatten. Wan war so zärtlich und gleichzeitig leidenschaftlich. Seine gefühlvollen Hände und seine warmen Lippen schrieben das Wort Begierde auf ihren erregten Körper. Streicheln, küssen und wieder streicheln — ihr wurde ganz schwindlig und heiß von so viel

Zärtlichkeit. Ihre Haut brannte in wilder Leidenschaft ebenso wie ihr Herz.

Sein Körper, straff und muskulös, fühlte sich unter ihren sensiblen Händen wie warmer Samt an. Immer und ewig hätte sie so weiterspielen können — mit den Fingern in seinem Haar, mit den Händen an seiner Brust, seinen Schultern, seinen Schenkeln und mit ihren wollüstigen Lippen überall dort, wo er ihre Berührung zuließ. Ihn spüren mit all ihren hellwachen Sinnen, ihn tasten, riechen, schmecken — ja, ihn trinken, ihn völlig in sich aufsaugen!

Glücklicherweise hatte sie ihm schnell eines der mitgebrachten Kondome übergestreift, bevor er voller Leidenschaft in sie eindrang. Sein Penis war nicht besonders groß, aber er verstand es ausgezeichnet, damit umzugehen. Obwohl nicht gänzlich unerfahren, waren Carina die Regionen der vollkommenen Ekstase bis zu diesem Abend noch verschlossen geblieben. Wan eröffnete ihr mit unvermuteter Leichtigkeit alle langersehnten Himmel der Lust. Anschließend schlummerten sie sanft ein — völlig entkräftet jedoch tief befriedigt, unfähig die intime Verschlingung ihrer entblößten Körper zu lösen.

"Carina, ich rede mit dir!" Herrn Eichhorns Stimme wirkte etwas gereizt, weil seine Enkelin überhaupt keine Reaktion zeigte.

"Ja, Big Boss?", stotterte das Mädchen verlegen.

Nun begann das unvermeidliche Verhör. Gnadenlos, wenn auch mit großväterlichem Charme, stellte Herr Eichhorn seine Fragen. Die jungen Leute zeigten sich sehr kooperativ, da sie ihr äußerst schlechtes Gewissen plagte.

"Der Schlüssel gehörte Jana. Sie versteckte ihn immer unter einem Stein im Kräutergarten, weil ich manchmal vor ihr an unserem Treffpunkt ankam. Sie wollte nicht, dass mich hier jemand herumstehen sah. Schließlich durften unsere Eltern nicht wissen, dass wir uns regelmäßig trafen." Der Vietnamese senkte betreten den Blick.

"Das war also euer Liebesnest? Ihr dummen Kinder, warum habt ihr mich denn nicht eingeweiht, wenn ihr Probleme hattet?", mischte Flora sich ein.

Wan saß stumm da wie ein begossener Pudel und zog den dunklen Kopf noch ein bisschen weiter zwischen die Schultern, so als erwarte er Prügel.

Carina war für die Anwesenden plötzlich vollkommen uninteressant geworden. Es drehte sich alles nur noch um die tote Jana. Irgendwie tat ihr das weh, obwohl sie eigentlich froh sein konnte, so glimpflich davon zu kommen. Ihr Großvater horchte den unbedarften Wan nach allen Regeln der kriminalistischen Verhörkunst aus. Und schließlich ergab sich ein einigermaßen plausibles Bild der Vorgänge um den schrecklichen Tod des hübschen Mädchens.

Auch Flora konnte plötzlich aus der Erinnerung einige Puzzleteile zu weiteren Aufklärung beitragen.

"Oh, ich erinnere mich jetzt an ein langes Gespräch, das ich etwa zwei Tage vor Janas Verschwinden mit ihr hatte. Sie interessierte sich brennend dafür, ob es auch eine Medizin gäbe, um ungewollte Schwangerschaften zu beenden. Da ich völlig ahnungslos war, machte ich ihr gegenüber einige oberflächliche Andeutungen. Denn selbstverständlich gehört das Wissen um derartige Mittel zur alten Tradition. Was hätten die armen Frauen ohne die Hilfe von uns Heilkundigen in ihrer ausweglosen Lage früher machen sollen? Heutzutage lehne ich es ab, Tränke oder Scheiden-Spülungen herzustellen, die zur Abtreibung eines Fötus führen. Es gibt inzwischen viele legale Methoden, um ungewollte Babys zu verhindern. Warum sollte ich mich da strafbar machen?"

Schließlich bedeckte sie ihr Gesicht mit beiden Händen und begann zu jammern: "Ich trage an allem die Schuld. Ich habe Jana auf dem Gewissen!"

"Aber, aber, meine Liebe!" Der pensionierte Kommissar legte tröstend seinen Arm um sie. "Glauben Sie etwa, dass das Gift aus Ihrem Vorrat stammte?"

"Sie wird es sich zusammengemischt haben. Oft genug hat sie mir bei der Zubereitung der verschiedensten Mittel zugesehen. Das dumme Mädchen! Dabei habe ich ihr immer erklärt, dass die Rezepturen sehr kompliziert sind und die Mischungsverhältnisse genauestens eingehalten werden müssen." Sie weinte jetzt.

"Sie werden der Polizei berichten müssen, was Sie wissen", sagte Heinz Eichhorn möglichst sanft. Dann fügte er an die gesamte Runde gewandt hinzu: "Kommt, lasst uns jetzt nach Hause gehen. Es ist schon beinahe Morgen. Carinas Mutter wird sich wahrscheinlich inzwischen große Sorgen machen."

Puzzleteile

Während Carina sich, in der Ferienwohnung angekommen, schmollend ins Bett zurückzog, fanden die beiden Kriminalisten keinen Schlaf. Der Fall stand so kurz vor der endgültigen Aufklärung, dass sie alle bisher zusammengetragenen Fakten, wie zwei fanatische Puzzlespieler, unbedingt noch in der Nacht zu einem vollkommenen Bild zusammenfügen wollten.

"Der Junge macht auf mich einen eher naiven Eindruck. Die Eltern halten ihn nach alter Tradition sehr streng. Sie wollen, dass er unbedingt nur eine vietnamesische Frau heiratet. Von der Schwangerschaft des Mädchens hat er aber erst durch die Ermittlungen erfahren. Sie hatte sich die letzten Wochen vor ihrem Verschwinden sehr rar gemacht, weil ihr Vater ihr angeblich verboten hatte, das Haus zu verlassen. Als Täter kommt der Junge wahrscheinlich nicht in Betracht. Ich hätte meine unfehlbare Spürnase verloren, wenn ich da falsch läge." Herr Eichhorn saß vornüber gebeugt, den Kopf in die Hände gestützt, am Tisch und wirkte sehr nachdenklich.

"Aber er ist definitiv der Vater des Kindes?", warf die Hauptkommissarin fragend ein. "Wahrscheinlich hat sie ihn schützen wollen und ihm aus Liebe die ungewollte Schwangerschaft verschwiegen, vielleicht auch aus Angst verlassen zu werden", sinnierte Lina leise, als ob sie zu sich selbst spräche. Sie hatte einen Papierbogen vor sich liegen und fertigte darauf Stück für Stück eine Skizze als Gedächtnisstütze an.

Ihr Vater nickte zustimmend und gähnte breit. "Er bestreitet nicht, der Vater des Babys zu sein."

"Hoffentlich ist Carina nicht auch schwanger", seufzte sie plötzlich beunruhigt.

"Na, du sagst doch immer, dass deine Tochter ausreichend aufgeklärt und längst erwachsen ist. Warum machst du dir also Sorgen?" Der alte Herr wirkte müde und abgespannt.

"Lass uns die Sache zu Ende bringen, damit ich gleich zu Dienstbeginn den Chef anrufen kann. Das Mädchen hat sich also das Gift selbst zusammengemischt, höchstwahrscheinlich, um die Schwangerschaft abzubrechen? Weiß deine Frau Feldmann, welche Substanzen fehlen?"

Lina hatte auf dem Blatt die bekannten beteiligten Personen mit Pfeilen versehen, um ihre Beziehungen untereinander zu verdeutlichen. Daneben schrieb sie immer einige Stichworte.

Der pensionierte Kommissar sah interessiert auf die Zeichnung und antwortete: "Ich glaube nicht, dass sie einen genauen Überblick hat, wie viel Gramm der verschiedenen Pflanzenauszüge in ihrer Scheune lagern. Sie ist diesbezüglich sehr unbedarft und hatte auch bisher niemals Angst, dass jemand sich in unlauterer Absicht an ihren Vorräten zu schaffen machen könnte. Allerdings wird sie der Polizei jetzt Rede und Antwort stehen, da bin ich mir sicher. Das Labor kann schnell herausfinden, was das Mädchen geschluckt hat, wenn sie die entsprechenden Proben erhalten."

"Also fangen wir mit Frau Feldmann und dem Jungen an. Die Kleine kann sich nachdem sie das Gift eingenommen hat, wohl schlecht selbst zerstückelt und in die Abwässergräben geworfen haben. Aber dafür kommen Wan und Flora deiner Meinung nach offenbar nicht in Betracht?"
Lina Eichhorn sah ihren Vater fragend an und malte dann zerstreut ein paar Herzchen rund um ihre Aufzeichnungen.

Plötzlich kam ihr eine Idee.

"Wenn es kein völlig fremder Täter war, kommt da eigentlich nur eine Person in Frage! Big Boss, denkst du vielleicht dasselbe wie ich?"

Der alte Fuchs hielt ihrem prüfenden Blick stand, solange es seine müden Augen vermochten. Dann nickte er vielsagend.

"Komm, lass uns noch eine Mütze voll Schlaf nehmen. Der Fall ist so gut wie abgeschlossen. In drei Stunden kannst du deinem Chef alles erklären, Eichhörnchen."

Familienbande

"Ja, mein Inkognito ist bisher gewahrt. Ich könnte eventuell weitere verdeckte Ermittlungen hinsichtlich des Vaters anstellen. Da ist nur die Sache mit meinem verletzten Fuß ..." Lina stockte.

"Sie wollen sich doch nicht etwa krankmelden? Gerade jetzt kurz vor Aufklärung des Falles. Tun Sie mir das bloß nicht an! Wenn Sie wüssten, wer mir alles im Nacken sitzt." Sie hörte ihren Chef durch den Telefonhörer tief und geradezu verzweifelt aufstöhnen.

"Nein, keine Sorge, ich mache selbstverständlich weiter. Sie können sich auf mich verlassen. Verfügen Sie nur schnellstens die offiziellen Befragungen des Vietnamesen und unserer Vermieterin, damit wir endlich Gewissheit hinsichtlich der Schwangerschaft und der Vergiftung erhalten." Die Hauptkommissarin hatte zwar noch keine Ahnung, wie sie weiter vorgehen sollte aber, dass sie jetzt nicht aufgeben konnte, war ihr klar. Sie verabschiedete sich von ihrem hörbar erleichterten Vorgesetzten und suchte ihren Vater, um mit ihm einen Schlachtplan zu entwerfen.

Lina fand ihn und ihre Tochter einträchtig miteinander im Garten sitzend. Sie spielten Schach. Carina wusste sich bei ihrem Großvater auf diese Art und Weise immer wieder einzuschmeicheln, egal was sie jemals ausgefressen hatte. Normalerweise wagte Frau Eichhorn es nicht, die beiden bei dieser, sowohl den Geist als auch die familiäre Beziehung pflegenden, Beschäftigung zu unterbrechen. Heute blieb ihr bedauerlicherweise keine andere Wahl.

"Oh, ihr habt mal wieder eine Partie gewagt?", bemerkte sie höchst überflüssig und setzte sich dreist auf einen der freien Stühle.

Großvater und Enkelin blickten nicht einmal von dem eben begonnenen Spiel auf. Das Schachbrett trug noch sämtliche Figuren, aber die drei bereits getätigten eröffnenden Spielzüge gaben den guten Spielern schon reichlich Anlass zu äußerster Konzentration. Auch ein unbeteiligter Beobachter hätte sogleich bemerkt, dass hier jede Störung höchst ungelegen kam und unweigerlich Ärger nach sich ziehen musste.

Die Hauptkommissarin konnte sich dadurch nicht von ihrem Vorhaben abbringen lassen. Also wagte sie sich mutig vor: "Es tut mir wirklich Leid, euch gerade jetzt unterbrechen zu müssen, aber mein Chef hat mich auf Janas Vater angesetzt. Ohne eure Hilfe kann ich das unmöglich schaffen." Sie brachte die letzten Worte nur noch zögernd hervor, da ihr Vater sie bereits böse über seine schmale Brille hinweg fixierte. Sie wusste, dass die beiden sie jetzt am liebsten zum Teufel wünschten. Glücklicherweise siegte aber doch die familiäre Solidarität.

Der pensionierte Kriminalbeamte setzte seufzend die Brille ab und bedachte seine Enkelin mit einem Blick des Bedauerns. "Wir lassen das Brett so stehen und beenden die Partie später, einverstanden?"

Seine Stimme klang spöttisch verzerrt, als er sich an seine Tochter wandte. Aber gleichzeitig konnte er seine Freude darüber nicht verbergen, gebraucht zu werden: "Und was sollen wir denn deiner Meinung nach tun, Eichhörnchen, außer uns im Urlaub ein wenig Entspannung zu gönnen?"

"Ich habe noch keinen blassen Schimmer, wie wir weiter vorgehen können. Jedenfalls müssen wir den Vater des Mädchens nun auch dazu bewegen, uns zu sagen, was er weiß." Lina zuckte die

Achseln. "Mit meinem lädierten Fuß kann ich mich so schlecht anschleichen." Sie lachte hilflos und ein wenig schuldbewusst.

"Ich werde den Kerl ausquetschen wie eine reife Orange, wenn du mir freie Hand lässt", prahlte Heinz Eichhorn plötzlich hellauf begeistert.

"Einverstanden! Aber lass Carina dich begleiten. Sie könnte ja unweit des Hofes im Wagen warten, sozusagen Schmiere stehen."

Carina warf ihrer Mutter einen erstaunten Blick zu. Wurde sie auf einmal für erwachsen genug angesehen, bei einem derart kniffligen Unternehmen am Rande der Legalität mitzuwirken? Na, ihr Opa war auch nicht mehr der Jüngste und wahrscheinlich hatte Mama Angst um ihn.

"Ich bin dabei", sagte sie schlicht. Aber ihrer Stimme war der Stolz anzumerken. Noch nie hatte sie sich so für die Arbeit ihrer Mutter begeistern können.

"Gut. Aber zuerst müssen wir ein paar wichtige Einkäufe tätigen." Herr Eichhorn erhob sich aus dem Gartenstuhl und seine Enkelin tat es ihm gleich.

"Ja, das ist lieb. Wir wollen schließlich nicht verhungern. Bringt bitte unbedingt von dem leckeren Schafskäse mit", rief Lina den Davoneilenden hinterher.

Ihr Vater warf nur lachend über die Schulter zurück: "Ja, ja, auch das! Was der Körper braucht, soll er haben."

Saufgelage

"Big Boss, was willst du denn mit zwei so großen Flaschen Hart-Alk? Wir brauchen doch bei unserer Arbeit einen klaren Kopf", fragte Carina verwirrt.

"Still, still, Kindchen, das verstehst du nicht. Wir wollen die doch nicht leer machen." Der Alte zückte sein Portemonnaie und gab der Kassiererin, die schon neugierig die Ohren spitzte, den ausgewiesenen Betrag.

"Ich erkläre dir alles später", flüsterte er seiner Enkelin zu, während er die Waren ungelenk in eine große Plastiktüte stopfte.

In diesem Augenblick fuhr ein Polizeiwagen die Straße entlang und hielt vor Frau Feldmanns Haus. Die beleibte Kassiererin sprang mit dem mächtigen Satz eines übergewichtigen Kängurus hinter der Kasse hervor, riss Carina beinahe zu Boden und stürzte ins Freie. Dort stand sie plötzlich zur Salzsäule erstarrt und beobachtete mit geöffnetem Mund, wie die Polizeibeamten dem Wagen entstiegen und Floras Haus betraten.

"Oh — nu geiht di dat ant Leder, olle Diekhex!", stieß sie zwischen den geschminkten Lippen hervor. Dann drehte sie sich fast elegant auf dem Absatz herum und betrat mit offensichtlicher Genugtuung und wiegenden Hüften das Geschäft wieder. An die beiden Kunden gewandt fügte sie erklärend hinzu: "Da wird gerade eine langjährige Verbrecherin festgenommen, müssen sie wissen." Anschließend postierte sie sich dümmlich glotzend hinter der Schaufensterscheibe, damit ihr nur ja nicht die geringste Kleinigkeit entging.

Herr Eichhorn und Carina sahen sich schulterzuckend an und marschierten mit den Einkäufen davon. Ohne Linas Kollegen zu begegnen, brachten sie die Lebensmittel in ihre Ferienwohnung und machten sich anschließend mit den beiden Flaschen Schnaps im Wagen auf den Weg zu Janas Vater.

"Du brauchst mir gar nichts zu erklären, Big Boss. Ich weiß, dass du solchen hochprozentigen Schnaps nicht trinkst. Also ist der für den Verdächtigen bestimmt?" Carina parkte den Wagen geschickt hinter einer Wegbiegung, wo er von einem dicken Weidenbusch verdeckt wurde.

"Ja, ja. Der Alkohol wird seine Zunge bestimmt lockern", antwortete ihr Großvater. Dann fügte er noch beschwörend hinzu: "Warte auf jeden Fall hier, bis ich zurückkomme. Im Haus könnte es für dich zu gefährlich werden. Du weißt, ich bin ein alter Hase. Mit einem abgeschlafften Alkoholiker werde ich schon fertig. Notfalls fragst du bei deiner Mutter übers Handy nach, was du tun sollst. Auf keinen Fall eigenmächtig handeln — versprich es!"

Seine Enkelin nickte brav, zog aber einen Schmollmund, weil sie ihn nicht begleiten durfte.

Heinz Eichhorn verschwand mit den beiden Flaschen unter dem Arm um die Wegbiegung. Er traf den Herrn des Hofes beim Reparieren einer alten Holzkarre an. Er sah außerordentlich mürrisch aus, wie das bei verkaterten Alkoholikern morgens oft der Fall ist. Den Fremden erblickend, richtete er sich zu seiner ganzen Größe auf. Der ehemalige Kommissar erahnte, welch stattlicher kräftiger Kerl sein Gegenüber einmal gewesen sein musste. Blutunterlaufene Augen schauten ihn feindselig an, und die unrasierte Mundpartie trug einen gefährlich brutalen Zug.

Es gab gewiss angenehmere Zeitgenossen!

"Hallo, alter Kumpel! Kennst du mich denn nicht mehr? Wir haben doch vorgestern ordentlich einen zur Brust genommen. Ich hab auch was zum Schlucken mitgebracht." Der Alte ging freundlich auf den ungepflegten Koloss zu und trug vorsichtshalber die beiden Flaschen in seinen friedvoll nach vorn ausgestreckten Händen.

Das blanke Glas blitzte, verziert von vielversprechenden Etiketten, verführerisch in der Sonne. Der hochprozentige kostbare Inhalt gluckerte appetitlich. Wer sollte da lange widerstehen?

"Hm? - Moin, denn." Die Intelligenz des Gesichtsausdruckes verhielt sich völlig gegensätzlich zur Körpermasse des Mannes. Der Kriminalbeamte im wohlverdienten Ruhestand fühlte den Fisch bereits an der Angel zappeln. Der Köder war aber auch gut und teuer sowie mit Sachverstand ausgewählt.

"Haste etwas Zeit für'n kleinen unschuldigen Schluck, Kamerad?", fragte Herr Eichhorn und blieb in sicherer Entfernung stehen.

Der Koloss wischte sich mit dem Handrücken über den Mund. Zuerst fixierten seine Augen gierig und ausgiebig die beiden randvoll gefüllten Schnapsflaschen. Dann wanderte sein Blick sehr zögernd, so als könne er sich nur schwer von dem wunderbar verlockenden Bild trennen, zu der Person des edlen Spenders. Er musterte ihn von oben bis unten und dann in dem gleichen schleppenden Tempo noch einmal in umgekehrter Richtung. Schließlich kehrte er wieder zu den Händen mit den unvermuteten Geschenken des Himmels zurück.

Plötzlich tat er zwei tollpatschige Riesenschritte auf den Besucher zu, umklammerte, ehe sich dieser versah, eine der beiden Flaschen mit dem eisernen Griff seiner Pranke und brachte sie kurzerhand in seinen Besitz. Blitzschnell öffnete er den Verschluss und setzte sie ohne ein einziges Wort des Dankes an die Lippen.

Die ersten Schlucke waren gierig, eilig und verkrampft. Sie erinnerten an einen Verdurstenden in der Wüste. Dann schien sich sein Kehlkopf zu entspannen. Wie Öl glitt der größte Teil des Inhalts anschließend die Kehle hinunter, wobei die Schluckbewegungen selten und äußerst sanft wurden. Er setzte die Flasche erst ab, als er sie zu zwei Dritteln geleert hatte. Ein gewaltiger Rülpser platzte aus seinem Innern. Abermals wischte er sich in gewohnter Weise den Mund. Danach fuhr er mit der Handfläche über die schweißnasse Stirn und schüttelte die Tropfen ab.

"Kumm, sett di!", grunzte der versoffene Bauer. Er ließ sich seinerseits auf eine wacklige Holzbank fallen, die bemitleidenswert an der Hauswand lehnte, als trügen sie ihre vier morschen Beine nicht mehr. Dabei streckte er Heinz Eichhorn großmütig die angesabberte Schnapsbuttel entgegen, damit sein Gönner ebenfalls einen Schluck des edlen Gesöffs nehmen möge.

Der ließ sich nicht lange bitten, ergriff die Flasche und setzte sich vorsichtig. Noch bevor er innerlich angewidert einen winzigen Schluck nehmen konnte, entriss ihm der Mann geschickt die noch unschuldig verschlossene gläserne Schwester und entjungferte diese ebenfalls. Diesmal ließ er sich etwas mehr Zeit für den zweifelhaften Genuss. Aber er war damit immerhin so beschäftigt, dass ihn nicht interessierte, ob der Besucher ebenfalls dem Schnaps zusprach. Vielleicht konnte er sich aber auch nicht vorstellen, dass jemand freiwillig diesem guten Tropfen gegenüber zurückhaltend war.

"Die Jungs haben gestern erzählt, dass dich das Schicksal übel erwischt hat", bemerkte der Pensionär mit gut gespieltem Mitgefühl.

Eine Reaktion blieb vorerst völlig aus. Dann folgte ein mächtiger Rülpser und ein unsicherer dümmlicher Blick. Nach ungefähr fünf Minuten brach der mächtige Kerl mit einem tiefen Seufzer das Schweigen und sank anschließend kraftlos vornüber. Die Bank wackelte bedenklich.

"Jo, jo, dat mut wull so sin …", jammerte er nun wie ein altes Weib.

Dann setzte er wieder die Flasche an den Hals und nahm einen tüchtigen Schluck. Rülpser — Ruhe.

Der ehemalige Kommissar in wichtiger Mission gab sich nicht so schnell geschlagen.

"Ja, wo die Frau auf dem Hof fehlt, da fehlt auch das Glück!"

Zwei blutunterlaufene blöde Augen glotzten ihn rechts und links des blanken Flaschenhalses an. Heinz Eichhorn musste an eine sattgefressene Bulldogge denken.

Unvermittelt fing der grobe Klotz zu flennen an. Er stellte die fast leere Schnapsflasche fest arretiert zwischen seine abgelatschten schmutzigen Schuhe und schlug beide Pranken vors Gesicht. Seine breiten Schultern zuckten im Rhythmus der herzerbarmenden Schluchzer.

Der Besucher klopfte ihm mehrmals beruhigend auf den Rücken und meinte: "Is ja gut, mein Lieber. Nur ruhig Blut. Jeder hat sein Päckchen zu tragen!"

Nach einer Weile ergriff der Bauer wiederum die Flasche, hielt sie prüfend gegen das gleißende Sonnenlicht, schnäuzte die triefende Nase zwischen zwei Fingern, so dass die Rotze seitlich ins Gras flog, seufzte tief und verleibte sich den letzten Schluck ein. Mit einem gekonnten Schlenker beförderte er den leeren wertlos gewordenen Glasbehälter anschließend in das nächste Gebüsch.

Er rülpste erneut und hob seine rechte Arschbacke gerade soweit an, dass ein gewaltiger teuflischer Furz entweichen konnte, der die altersschwache Bank in Vibrationen versetzte. Es stank nach Schwefel, als hätten sich für einen kurzen Moment die Pforten der Hölle geöffnet.

"Na, dann Prost!", konnte der Pensionär nur sagen. Gleichzeitig hielt er ihm die andere angebrochene Flasche hin.

Der Säufer ergriff sie, prüfte den Inhalt und erhob sich dann torkelnd von der Gartenbank.

"Tschüs denn, un mutt ook schön gröten", murmelte er und schleppte sich zur Haustür. Er hielt die Schnapsflasche krampfhaft umklammert, ängstlich darauf bedacht, nichts von dem kostbaren Rest zu verschütten. Bald darauf war er im Haus verschwunden. Die Tür ließ er offen stehen.

Heinz Eichhorn schaute verdutzt. So hatte er sich die Befragung dann doch nicht vorgestellt. Der Kerl war ja schwerer zu knacken, als die Bank von England. Obwohl er offensichtlich verabschiedet worden war, mit dem frommen Wunsch, wen auch immer, schön zu grüßen, folgte er dem betrunkenen Bauern dreist ins Haus. Vielleicht konnte er drinnen eine interessante Entdeckung machen, die Licht in den Fall brachte.

Janas Geist

Carina wurde die Zeit im Auto lang. Zuerst hatte sie eine Weile Musik gehört und dabei an Wan gedacht. Aber ständig legte sich das Bild der verstorbenen Jana über ihre zärtlichen Erinnerungen. Sie wurde von vollkommen sinnlosen Eifersuchtsattacken heimgesucht und fragte sich nach einer Weile, ob es nicht besser für ihr Gemüt wäre, den unerträglichen Zustand der sinnlosen Warterei vorzeitig zu beenden.

Sie kam auf die Idee, den alten Bauernhof vorsichtig etwas näher unter die Lupe zu nehmen. Eigentlich wollte sie sich nur einen Eindruck von der Umgebung verschaffen, in der Jana gelebt hatte. Wer war diese tote Rivalin eigentlich gewesen und was hatte Wan an ihr fasziniert? Würde er sie überhaupt je vergessen können — die tote Mutter seines ungeborenen Kindes?

Gedankenverloren schlenderte Carina den Weg entlang. Unweit des Hauses blieb sie angestrengt lauschend stehen. Es war kein menschlicher Laut zu vernehmen. Sie fragte sich, wo ihr Großvater wohl steckte und ob seine Strategie von Erfolg gekrönt worden war.

Vorsichtig lugte sie durch ein dichtes Gebüsch zum Hauseingang. Die abgenutzte Holztür stand einladend weit offen.

Einige Minuten rang sie mit sich. Sie hatte Big Boss das Versprechen gegeben, nicht eigenmächtig zu handeln. Andererseits war er aber nun schon sehr lange fort, und möglicherweise brauchte er ihre Hilfe. Was konnte im Grunde schon passieren? Sie sah aus wie ein unschuldiges Touristenmädchen.

Mit energischem Schritt näherte sie sich dem Haus und betrat es nach kurzem Zögern. Drinnen hörte sie ein lautes Grunzen, das sich bald als Schnarchen entpuppte. Sehen konnte sie nicht viel. Eine struppige sehr magere Katze strich ihr schnurrend um die nackten Beine. Ob die beiden Männer total betrunken eingepennt waren?

In diesem Moment hörte sie ein Geräusch, das aus einem angrenzenden Raum kam, dessen Tür leicht angelehnt war. Wie angewurzelt blieb sie stehen. Kalter Schweiß trat ihr auf die Stirn. Gänsehaut überzog ihren ganzen Körper trotz der Wärme des schönen Sommertages.

Die Tür wurde von innen lautlos aufgestoßen. Sie sah sich im Zwielicht plötzlich einer Gestalt gegenüber.

"Carina! Aber was machst du denn hier? Du solltest doch im Wagen warten", zischte der Großvater sie böse an. Ohne eine Antwort abzuwarten, nahm er sie bei der Hand und zog sie mit sich fort in die unangenehm riechende Dunkelheit des großen Hauses hinein. Dann öffnete er sehr leise eine weitere Tür. Das Mädchen fühlte sich etwas unsanft in das Zimmer hinein geschubst. Beinahe wäre sie über einen am Rand leicht aufgerollten abgewetzten Teppich gestolpert. Der alte Mann schloss die Tür wortlos und schritt energisch zum Fenster, um das Tageslicht in den ebenfalls abgedunkelten Raum zu holen.

"Das war ihr Reich. Wenn du schon einmal hier bist, kannst du dich auch nützlich machen. Wahrscheinlich findest du dich unter solchen Jungmädchensachen besser zurecht, als ich alter Opa. Sieh vorsichtig nach, ob du irgendwelche verwertbaren Informationen findest. Du weißt schon, ein Tagebuch oder so was."

Heinz Eichhorn wandte sich zum Gehen. In der Türöffnung drehte er sich aber nochmals um und erklärte seiner Enkelin etwas freundlicher: "Der

Bauer schläft seinen Rausch aus. Wir haben deshalb die Gelegenheit alles in Ruhe durchzustöbern. Sei aber trotzdem vorsichtig. Lass die Tür offen, dass du mich gegebenenfalls rufen hörst."

Carina sah sich in dem Raum um. Es war ein typisches Jugendzimmer: Umbauliege, Kleiderschrank, Schreibtisch, Bücherregal. Nicht gerade schick und teuer, sondern alles eher mittelmäßig. Die Möbel waren schon einige Jahre alt und eine Renovierung hätte dem gesamten Erscheinungsbild sehr gut getan. An den Wänden klebten Poster von bekannten Schauspielern und erfolgreichen Bands.

Sie ging zum Schreibtisch vor dem Fenster. Dort stand eine ganz passable Musikanlage. Sie drückte den Power-Knopf. Sie öffnete den CD-Player. Darin lag eine vergessene Disk, die Filmmusik von ‚Titanic'.

Ah, so was hatte Jana also gehört!

Das Mädchen konnte nicht widerstehen die Musik leise einzuschalten. Die Stücke waren ihr bekannt. Jeder kannte diesen Film und die Musik. Sie hatte ihn zweimal im Kino gesehen und noch einige Male mit Freunden auf Video. Während sie leise mit summte, begann sie Janas Schreibtisch zu durchforsten — mit schlechtem Gewissen und ohne Erfolg. Kein Tagebuch, kein Adressbuch, keine Briefe, keine Bilder. Außer ein paar uninteressanten Schulaufzeichnungen und einigen Kosmetikartikeln befand sich nichts in den aufgeräumten Schubfächern.

Irgendwie beruhigt, dass sie keine dunklen Geheimnisse der toten Jana aufdecken musste aber auch etwas enttäuscht, wie wenig sie bisher über das Mädchen erfahren hatte, wandte sich die junge Spionin dem Kleiderschrank zu. Sie wühlte erfolglos zwischen Unterwäsche und Strümpfen herum.

Die schöne Verstorbene hatte keine Reichtümer besessen. Sie schien vom Vater sehr knapp gehalten worden zu sein. Einige Kleider hingen zwar im Schrank, aber die meisten stammten offensichtlich noch aus Kindertagen und waren vermutlich nur aus nostalgischen Gründen aufgehoben worden.

Dann entdeckte Carina aber einen großen Strohhut mit bunten Stoffblumen geschmückt, der zu einem wundervollen zarten Sommerkleid gehörte. Sicher war das nicht gerade ihr Stil, aber sie konnte sich dem Reiz dieser Dinge nicht entziehen.

Mutig setzte sie den breitkrempigen Hut auf ihre dunklen langen Locken und betrachtete sich in einem verstaubten Spiegel an der gegenüberliegenden Wand. Unter der schattigen Krempe war ihr Gesicht kaum zu erkennen. Sie wandte sich erneut dem Schrank zu und nahm das Kleid heraus. Die Musik wurde lauter und klang jetzt dramatisch. Carina summte leise mit und hielt sich das entzückende Kleid vor, um es im Spiegel zu begutachten. Kokett drehte und wendete sie sich und tat ein paar tänzerische Schritte durch den Raum.

"Jana! Jana!"

Carina war in einer kräftigen Drehung begriffen, die sie so schnell nicht stoppen konnte. Mit dem Rücken zum Fenster, den Hut tief in die Stirn gerutscht, das duftige Blumenkleid fest an sich gepresst, kam sie endlich zum Stehen. Schräg hinter ihr dröhnte das Orchester aus den kleinen Lautsprechern und kündete vom tragischen Geschehen beim Untergang der Titanic.

Vor ihr spielte sich aber die wirkliche Tragödie ab. Den Türrahmen gänzlich ausfüllend ragte dort Janas volltrunkener Vater auf. Sein graues Haar stand ungepflegt vom Kopf ab. Seine Augen blickten wirr von Tränen überschwemmt. Seine

Nase lief. Die dicke Unterlippe hing feucht und kraftlos bis zum stoppeligen Kinn herab. Er versuchte zu sprechen, brachte aber nur ein unzusammenhängendes Lallen heraus.

Das total erschrockene Mädchen stand da, steif und stumm. Nicht mal um Hilfe rufen konnte sie. Wie eine kleine unschuldige Maus den riesigen fetten Kater, der sie zur Mahlzeit auserkoren hat, nur ohnmächtig fixiert, blickte Carina völlig erstarrt auf den mächtigen Koloss, der ihr den Weg in die Freiheit versperrte.

Allmählich löste er sich vom Türrahmen und schwankte auf sie zu. Noch zwei Schritte und er wäre bei ihr. Sie roch bereits seine penetrante Ausdünstung. Das Blut drohte ihr in den Adern zu gefrieren. Da sackte der widerwärtige Kerl ohne Vorwarnung, wie ein gesprengter Wolkenkratzer, langsam in sich zusammen. Er kniete zu Carinas Füßen und streckte unter lautem Schluchzen und Wehklagen seine Hände nach ihr aus.

Hätte sie jetzt laufen und springen können, wie gewöhnlich, wäre es ein Kinderspiel für sie gewesen, eins, zwei, drei durch die offene Tür zu verschwinden.

Aber es war wie in einem Albtraum.

Die Beine wollten ihr nicht gehorchen. Kein einziger Muskel ihres Körpers folgte den Signalen des Gehirns. Tödliche Ohnmacht hielt sie mit stählernen Klauen umklammert.

Zu allem Überfluss erreichten die beiden suchenden Pranken im selben Moment ihr Ziel. Carinas Knöchel wurden wie von glühenden eisernen Ketten umschlossen.

Es gab kein Entkommen mehr!

Tränen der Angst traten ihr in die Augen und rollten ungehindert über ihre Wangen bis zu den zuckenden Mundwinkeln. Übelkeit stieg in ihr hoch.

"Jana, oh, Jana ..., meen leewe Wicht", jammerte der Grobian. "Büst noher doch toröck kumme. Ik wullt dat nich, dat musst me glöwen. As du do lügst so stiff un starr, do is dat över mi kumme." Ein verzweifelter Schmerzensschrei entrang sich seiner rauen Kehle.

Er lockerte die Umklammerung von Carinas Beinen, um sich vornübergebeugt ans schmerzende Herz zu fassen.

Sie fühlte plötzlich das Leben in ihre Glieder zurückströmen. Sich ihrer Verkleidung entledigend, hechtete sie zur Tür, wo sie mit dem herbeieilenden Großvater zusammenstieß. Bevor sie lauthals alle ausgestandene Angst hinausschreien konnte, hielt ihr der Alte beschwörend die Hand auf den Mund und schob sie sachte aus dem Zimmer.

Der betrunkene Bauer wusste nicht, wie ihm geschehen war. Als er seinen Blick hob, war die von den Toten auferstanden geglaubte Tochter verschwunden. Nur das Kleid und der Strohhut lagen noch auf der Stelle, wo sie ihm erschienen war. Er ergriff die beiden Gegenstände und drückte sie inbrünstig an seine wehe Brust. Wieder schluchzte er laut auf.

"Kumm to mi torügg, Jana! Kumm to mi torügg! Ik will ok min Levdag kin een Metz angriepen. Dat kunnst me glöwen, Wicht." Und er streckte beschwörend drei Finger seiner rechten Hand gegen die abgeblätterte Zimmerdecke, um den Schwur, niemals im Leben mehr ein Messer anzufassen, zu bekräftigen.

Der pensionierte Kommissar sah seine Stunde gekommen. Das plattdeutsche Geständnis wollte er gern noch etwas deutlicher hören. Zu Carina gewandt flüsterte er: "Lauf schnell zum Wagen und sag Lina, sie soll sofort die Kollegen schicken."

Dann trat er zu dem noch immer schluchzend und flehend am Boden liegenden Koloss. "Du warst das also mit der Kleinen. Hast sie wie ein geschlachtetes Rind zerstückelt und dann in die Gräben geworfen?"

Der Kerl wandte erstaunt sein verquollenes Gesicht dem Sprecher zu. "Hech!", war das einzige, was er vollkommen überwältigt heraus brachte.

"Nun gib es schon zu — ich hab sowieso alles mit angehört", befahl der Alte ihm im Polizeiton.

Man konnte den Augen des Säufers anmerken, dass seine wenigen noch intakten Gehirnzellen krampfhaft versuchten die Situation zu verstehen. Es gelang ihm scheinbar nicht vollständig, denn er sah sehr frustriert aus, als er letztendlich schuldbewusst und völlig gebrochen zu den Vorwürfen des ehemaligen Kommissars nickte.

"Sie werden dich gleich abholen, Kamerad. Ich helf' dir, ein paar Sachen zusammen zu packen."

201

Abschied

Carina und ihr Großvater hatten Frau Eichhorns Arbeit vorzüglich erledigt. Die Kollegen von der Kripo mussten nur noch die Vernehmungsprotokolle anfertigen. Da sich herausgestellt hatte, dass eigentlich gar kein Mord begangen wurde, glätteten sich die Wogen der allgemeinen Aufregung über den Fall zusehends. Nur unter den Klatschtanten des Dorfes hielten sich, dessen ungeachtet, die schauerlichsten Gerüchte ohne Rücksicht auf die Tatsachen.

Der alkoholkranke Bauer wurde einstweilen psychiatrisch versorgt. Später würde ein Prozess auf ihn zukommen. Ob er allerdings für seine Tat als zurechnungsfähig einzustufen war, konnte sehr stark bezweifelt werden. Linas Chef war voll zufrieden und gestand ihr sogar noch einige Tage Urlaub zu.

Am Abend saßen die drei Eichhorns in der Ferienwohnung beisammen und hielten Familienrat.

"Mit meinem Fuß kann ich hier sowieso nicht herumlaufen. Außerdem fehlt mir meine gewohnte Umgebung. Ich bin eben nicht der typische Ferienmensch", nörgelte Lina.

"Na, dann ist es ja jetzt wohl keine Frage mehr, wofür du dich entscheidest, Big Boss. Du wolltest ja sowieso nicht ans Meer fahren, weil du es eigentlich von Grund auf hasst." Carina zog eine Schnute. Sie hätte zu gern noch ein paar unbeschwerte Tage mit Wan verlebt.

Der alte Mann kratzte sich am Kinn. Er liebte es nicht, das Zünglein an der Waage zu spielen. Zudem war er selbst total unentschlossen, ob er noch hier bleiben wollte. Flora und ihre schöne Dogge Wanda waren ihm in der kurzen Zeit schon sehr ans Herz gewachsen.

Aber er war nicht vollkommen ehrlich zu ihr gewesen, was die Motivation seines Aufenthaltes hier anging. Und so basierte ihre harmonische Beziehung zwangsläufig auf einer falschen Voraussetzung. Es verstieß gegen seine Moralvorstellung, diese Lüge nun, da sie nicht mehr zwingend notwendig war, weiter zwischen ihnen stehen zu lassen. Wenn er hier blieb, musste er der verehrten Dame reinen Wein einschenken. Er fürchtete ihre Reaktion darauf so sehr, dass es ihm ratsamer erschien, sein Heil in der Flucht zu suchen. Obwohl er seine geliebte Enkelin damit sicher stark enttäuschte.

"Hörnchen, du musst verstehen ...", setzte er an. Carina stand polternd vom Stuhl auf und wollte beleidigt ins Schlafzimmer verschwinden.

"Nun bleib doch bitte hier. Ich möchte dir nur kurz erklären, warum ich es für besser halte, nach Hause zu fahren." Der Großvater sprach mit Engelszungen. Er legte ihr sein Problem dar und wies sie auch darauf hin, dass sie sich eigentlich in einer ähnlichen Situation befände.

"Ich halte es auch nicht für gut, dem Jungen weiterhin vorzuspielen, dass wir einfache Touristen sind. Was ist, wenn du dich verplapperst? Es wäre wahrscheinlich kein besonders schöner Abgang für dich, wenn er uns durch irgendeinen Zufall doch noch auf die Schliche käme."

Lina legte immer Wert darauf, dass Entscheidungen im Familienrat möglichst auch von allen akzeptiert wurden. Wenn einer von ihnen sich total ausgebootet vorkam, beeinträchtigte das die Stimmung in den nächsten Tagen so stark, dass sich die beiden anderen dabei auch nicht mehr gut fühlen konnten. Ihre Tochter setzte sich auf ihren Einwand hin wenigstens wieder an den

Tisch. Sie dachte nach. Mutter und Großvater schwiegen abwartend.

Nach einigen Minuten erhob sich Carina. Sie war jetzt nicht mehr das kleine trotzige Mädchen, sondern wirkte richtig erwachsen und sehr gefasst.

"Ich gehe in den Garten und versuche Wan ein letztes Mal zu sehen, dann packe ich meine Sachen zusammen", sagte sie ernst.

Lina nickte nur zustimmend. Sie war innerlich stolz auf ihr Hörnchen.

"Einer muss Flora Bescheid geben, dass wir morgen früh abreisen. Da bin ich dann wohl gefragt?" Der Pensionär strich sich das Haar glatt und stand ebenfalls vom Tisch auf, um nach unten zu gehen. Er sah nicht glücklich aus und wirkte im Vergleich zu den vergangenen Tagen sehr müde.

Wan hatte sich schon über eine Stunde lauernd im Garten aufgehalten, um Carina zu treffen. Seit dem peinlichen Zusammenstoß mit Flora und Herrn Eichhorn in der Scheune hatten sich die beiden jungen Leute nicht mehr gesehen.

"Hallo, Wan", sagte das Mädchen einfach, als es den Geliebten erblickte. Er lief sofort auf sie zu und nahm sie in seine Arme. "Oh, ich dachte schon, du kämst nicht mehr hinunter. Den ganzen Tag habe ich dich noch nicht gesehen. Ihr wart mit dem Wagen unterwegs? Ich dachte zuerst, ihr seid abgereist." Er küsste sie leidenschaftlich.

"Komm, lass uns ein Stück gehen. Wir müssen reden", entwand sie sich seiner liebevollen Umklammerung.

Er wirkte etwas betreten, als er nun Hand in Hand mit ihr den einsamen Fußweg zum Wasser entlang spazierte. Die Sonne neigte sich nur sehr langsam dem Horizont zu. Es war einer dieser unsagbar lauen Sommerabende am Meer, die niemals zu Ende zu gehen scheinen und leider hier an der Nordseeküste viel zu selten vorkamen.

Eine Weile sagte keiner von ihnen ein Wort. Dann eröffnete Carina ihm stockend, dass sie morgen abreisen würde.

"Ich habe es doch geahnt. Den ganzen Tag habe ich es irgendwie gewusst! Es ist meinetwegen, nicht wahr? Dein Großvater ist furchtbar sauer auf mich. Er hat mich ja gestern Abend regelrecht verhört. Wahrscheinlich denkt er sogar, ich hätte Jana irgendwas zuleide getan. - Ausländer sind ja ganz nett, aber wer will schon, dass sie mit der eigenen Tochter schlafen." Wan hatte ihre Hand losgelassen und brummte wütend vor sich hin. Zum Schluss setzte er noch einige unfreundliche Worte in seiner Muttersprache hinzu.

Carina traten Tränen in die Augen.

"Deine Familie ist in dieser Beziehung doch auch nicht besser!", platzte es aus ihr heraus. Sie wollte den Jungen absolut nicht verletzen, aber die ganze Wahrheit konnte sie ihm auch nicht sagen. Sie wünschte insgeheim, ihr Großvater wäre da, um ihr einen Rat zu geben. "Außerdem bist du mit deiner Vermutung total auf dem Holzweg", schluchzte sie. "Es hat alles nichts mit dir zu tun — außer, dass ich dich sehr mag." Sie drückte ihm einen tränenfeuchten Kuss auf die Wange.

Er stand jetzt still da und sah sie nur erstaunt an. Der zarte warme Sommerwind spielte in ihren seidig glänzenden Locken. Ihr auf sehr natürliche Art schönes Gesicht glänzte von Tränen. Die feuchten ungeschminkten Wimpern waren über ihre ausdrucksvollen Augen herabgesenkt, um ihre tiefe Verwirrung zu verbergen.

"Ich glaube, ich mache alles falsch. Ich verstehe euch deutsche Mädchen einfach nicht. Bei Jana war das auch so."

"Nun hör schon endlich auf mit deiner Jana. Ich kann das alles nicht mehr ertragen." Abermals folgte ein Tränenstrom. Als er versiegte, stieg plötzliche Wut in Carina auf.

"Es ist doch alles nur wegen meiner Mutter und ihrer Arbeit", schleuderte sie dem verdutzten Jungen ins Gesicht. Dann machte sie auf dem Absatz kehrt und rannte davon, als seien tausend Teufel hinter ihr her. Sie beruhigte sich erst allmählich wieder, nachdem die Tür der Ferienwohnung krachend hinter ihr ins Schloss gefallen war und sie wütend all ihre Sachen wahllos in die große Reisetasche gestopft hatte.

Heinz Eichhorn klingelt gewohnheitsmäßig erst einmal an der Haustür der Vermieterin, um sich anzukündigen. Dann trat er ein. Die schwarze Wanda kam ihm sofort zutraulich entgegen und leckte seine Hand. Er blieb abwartend in der Diele stehen und rief Floras Namen. Es kam keine Antwort. Die Hündin winselte leise. Zögernd tat er einige Schritte in Richtung der Wohnstube und rief erneut. Diesmal hörte er ihre zaghafte Stimme.

"Bring mich zu Frauchen", befahl er der klugen Wanda. Diese gehorchte aufs Wort und führte ihn ins Schlafzimmer.

Flora lag bleich und grau in einem Berg von Kissen. Sie wirkte plötzlich sehr alt und zerbrechlich.

"Oh, schön, dass Sie nach mir sehen, Heinz", flüsterte sie und bat ihn sich an ihr Bett zu setzen. Er rückte einen Stuhl, der dort stand, ganz nah zu ihr hin und ergriff sanft ihre kühle Hand.

"Ich fühle mich etwas schwach heute. Das ist die ganze Aufregung mit der Polizei. Flora ist eben nicht mehr die Jüngste!" Sie berichtete mit kleinen Ruhepausen vom Verhör durch Linas Kollegen.

"Es werden noch weitere Unannehmlichkeiten auf mich zukommen. Sie wissen ja, Deutschland ist vorbildlich in seiner lückenlosen Bürokratie und die Behörden sind unnachgiebig im Durchsetzen der Bestimmungen. Meine Arbeit werde ich wahrscheinlich nicht weiter ausführen dürfen."

Heinz Eichhorn empfand gleichzeitig Mitleid und Trauer. Er wagte es nicht, Flora anzusehen während er sprach: "Es tut mir alles sehr leid, Flora. Aber ich glaube, dass eine so wundervolle Frau wie sie, immer einen Weg finden wird, ihr eigenes Leben zu führen." Er hielt inne und fügte dann sehr leise hinzu: "Leider komme ich auch nicht mit einer frohen Botschaft. - Wir müssen morgen früh abreisen. Meine Tochter ist eine so ungeduldige Kranke. Sie hält es hier einfach nicht länger aus und möchte sich unbedingt zu Hause auskurieren." Er streichelte zärtlich ihre durchscheinende Hand. Da sie nicht antwortete, musste er zwangsläufig den Blick heben und begegnete ihren Augen. Sie schaute in sein Innerstes und erkannte scheinbar sofort, was in ihm vorging.

"Es ist schade, Heinz. Wir scheinen einander leider kein Glück zu bringen. Dabei findet man in unserem Alter so selten wirklich gute Freunde. Vielleicht verbietet uns die Last der Erfahrungen, so unbeschwert neue Beziehungen einzugehen, wie es die Jugend vermag?" Sie schlug die Augen nieder und schwieg einen kleinen Moment. Dann schüttelte sie den Kopf und stammelte: „Ach, es wird Zeit, dass ich abtrete. Ich rede schon einen Haufen melancholisches dummes Zeug zusammen!" Er wollte etwas dagegen einwenden, aber sie legte beschwörend ihren Zeigefinger auf die bleichen Lippen. Ihr ernster Blick duldete keinen Widerspruch.

"Was sitzen Sie eigentlich noch hier herum? Sie müssen Ihrer Tochter doch helfen, die Koffer zu packen. Gehen Sie mit Gott, Heinz! Und sorgen Sie sich nicht um mich. Meine lieben vietnamesischen Nachbarn sind mir immer eine große Hilfe. So werde ich mich sehr bald erholen. Die Wege des Ewigen sind unergründlich!" Während sie die ersten Sätze in humorvoll resolutem Tonfall ausgesprochen hatte, wandelte sich ihre Stimme später zu einer säuselnd sanften Melodie.

Er spürte einen gewaltigen Kloß in seinem Hals und verabschiedete sich schnell. Sie tätschelte gedankenverloren ihre treue Hündin. Die legte den großen blauschwarzen Kopf auf die Bettdecke und genoss die Zuwendung still.

Als der pensionierte Kommissar leise und endgültig die Schlafzimmertür hinter sich schloss, schnitt ihm ein unmissverständliches Winseln ins Herz. Ihm war schmerzlich bewusst, dass er irgendwo in seinem Innern eine weitere wehmütige Erinnerung unlöschbar mit sich trug.

E N D E

Epilog

Alle Personen in diesem Roman sind fiktiv und ihre Namen frei erfunden. Auch die Handlung ist selbstverständlich so nie passiert. Jegliche Ähnlichkeit mit lebenden Personen oder tatsächlichen Begebenheiten wäre rein zufällig und ist von mir nicht beabsichtigt.

Dieser Kriminalroman ist der mittlere einer Trilogie.

Zu der Reihe gehören:

1. Die Frau des Quacksalbers
2. Die Deichhexe
3. Hundeverbot

Danksagung

Mein herzlicher Dank richtet sich besonders an meine Familie, die mein Hobby seit Jahren geduldig erträgt und mir ihre Unterstützung ständig in vielerlei Form zukommen lässt.

Marion Scheer

Im Watt

Wie weich

wölbt sich das Watt

aus Wasserinseln,

von Wellenformen

wundersam durchwebt.

Ein Heer von

Haufenwölkchen verhüllt

den Horizont

als helle Haube,

die der Hochzeit harrt.

"Komm, kleine Kumulus",

klingt klar das Locken

des kreisenden Kormorans,

„schmücke die dunkle Königin

mit deinem Kuss!"

Marion Scheer (lyrische Nordseeimpressionen)

215